KB265280

괜찮아야만 하는
당신에게

괜찮아야만 하는
당신에게

초판 1쇄 2026년 3월 15일
지 은 이 박지현
펴 낸 곳 하모니북
펴 낸 이 박화목

출판등록 2018년 5월 2일 제 2018-0000-68호
이 메 일 harmony.book1@gmail.com
홈페이지 harmonybook.imweb.me
인스타그램 instagram.com/harmony_book_
팩   스 02-2671-5662

979-11-6747-284-7 03810
ⓒ 하모니북, 2026, Printed in Korea

책값은 뒤표지에 있습니다.

이 도서의 국립중앙도서관 출판예정도서목록(CIP)은 서지정보유통지원시스템 홈페이지(http://seoji.nl.go.kr)와 국가자료공동목록시스템(http://www.nl.go.kr/kolisnet)에서 이용하실 수 있습니다.

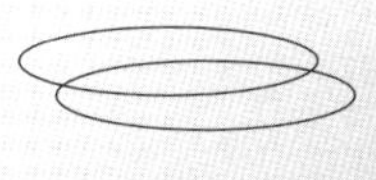

괜찮아야만 하는
당신에게

박지현 지음

나답게 흔들리고 나답게 서는 연습,
나의 기본기 만들기

harmonybook

'나'라는 기본기
나답게 산다는 것은 무엇일까

'기본도 안 됐다'라는 말을 피하기 위해 살았다. 기본이 안 됐다는 건 곧 평균 이하의 사람이 되는 것만 같아서.

남들이 부러워하는 잘난 인간이 되진 못해도 뒤처지지 않기 위해 애썼다. 부족함이 드러날까, 놓치는 것이 있지 않을까 연신 주변을 살피며 그저 남들만큼은 보이도록 열심히 살았다. 마치 바다에서 살아남기 위해 손발을 힘차게 휘젓고 있는 느낌이었다. 가만히 있으면 곧장 컴컴한 바닷속으로 빠져들 것만 같았다. 하루하루가 일촉즉발 상태였다. 불안에서 벗어나고 싶지만, 불안하지 않으면 더 불안했으니 말이다.

영원히 이 불안의 굴레에서 벗어나지 못할 것이라 생각했었다. 하지만 우습게도, 수영장에서 작은 에피소드 하나가 이 굴레 밖으로 나올 수 있는 첫발을 내딛게 해주었다. 친구들과 처음 수영장에 갔을 때 일이다. 물을 무서워하는 나는 튜브에 바람을 넣으며 물을 물끄러미 쳐다보고 있었다. 그때였다. 친구가 나를 물속으로 밀어버렸다. 엄마를 외치며 물에 떨어진 나는 팔다리를 마구잡이로 흔들어댔다. 친구들

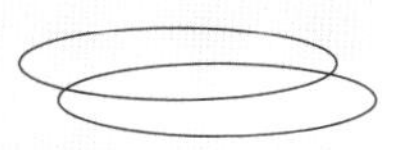

은 나를 보며 낄낄댈 뿐 도와줄 생각이 없어 보였다. 한참을 허우적거리니 친구 하나가 내게 말했다. "발을 바닥에 내려!" 생명의 동아줄이라 생각하고 그의 말을 따랐다. 이게 웬걸, 물 높이가 내 엉덩이까지만 왔다. 수심이 얕은 수영장이었다. 창피했다. 집에 돌아와 바보 같은 내 모습을 회상하며 피식 웃었다.

물속에서 허우적거리는 모습이 평소 내 모습과 같아서였을까? 별것도 아닌 그 일은 내 일상에서 자꾸 떠올랐다. 떠올리면 떠올릴수록 발이 수영장 바닥에 닿던 느낌이 생생해졌다. 그때 느꼈던 안도감이 다시 한번, 아니 늘 내 곁에 머물렀으면 좋겠다는 마음이 들었다. 동시에, 그동안 남이 만든 기준으로 이뤄진 땅에 서 있었다는 것을 깨달았다. 그 땅은 높이를 가늠할 수가 없었다. 말하는 상대에 따라 그 기준의 높이는 수시로 변했다. 이제는 내 기준으로 만들어진 단단한 땅에 두 발을 딛고 살면 되겠구나 싶었다. 하지만 기쁨도 잠시였다. 내게는 단단하기는커녕 땅 자체가 없었기 때문이다. 황당했다. 큰 깨달음을 얻고 이제 인생이 바뀌겠구나 싶었지만, 이제 시작이었다.

이제부터 나만의 땅을 만들어가야 했다. 무엇이 필요한지는 알았지만, 어떻게 해야 할지를 몰랐다. 그러나 지금 시작하지 않으면 영원히 남의 땅에서 꾸역꾸역 살아갈 내 모습이 눈에 훤했다. 그래서 나아가야만 했다. 책 속에 답이 있지 않을까 하여 여러 자기계발서를 뒤적거렸다. 책 속엔 정답처럼 쓰인 조언들이 넘쳐났지만, 다 받아들일 수도, 내게 적용하기도 어려웠다. 결국 스스로를 관찰하고 경험하고, 회고하며 찾아가야 했다.

나의 글은 나의 땅을 만들고, 밭을 일구고, 뿌리를 내리는 과정을 담은 내용이다. 그 과정은 모두 스스로에게 던진 질문들로 시작됐다. 그래서 나는 독자들에게 자신의 땅을 만드는 방법을 제시하지 않는다. 대신 스스로 질문을 던지고 자신만의 방법을 만들어갈 수 있도록 도울 것이다. 필자 역시 아직 나의 땅을 만들고 일궈가는 중이다. 그 과정에서 느꼈던 감정과 질문들을 글로 남기려고 한다. 누군가의 인생이 아닌 나의 인생을 살아가고 싶은 사람들이 이 글을 읽으며 '자신의 땅'을 발견하고 키워나가길 바란다.

땅을 만들고 일궈가는 과정은 나만의 기본기를 만드는 과정이다. 남에게 두었던 기준을 나에게로 가져와 삶의 무게중심을 나로 두는 일이며, 나라는 사람의 토대를 만드는 일이다. 이 기본기는 삶의 파도 속에서도 필요할 때면 언제든 발을 단단한 땅에 내딛게 한다. 모든 이에게는 자신만의 땅이 존재한다. 그 땅은 그 누구도 아닌 오직 '나'로 인해 만들어진다. 우리는 이 과정을 겪으며 자신만의 색과 아우라를 발견하게 될 것이다. 깊게 뿌리를 내리는 갈대는 비바람이 와도, 산들바람이 와도 그저 흔들릴 뿐이다. 흔들리지 않겠다는 것이 아니라 흔들려도 상관없다는 태도. 참 고고하지 않은가?

우리도 '자기 자신'이라는 땅을 만들고, 그 속에 깊게 뿌리를 내리자. 땅이 견고할수록, 뿌리가 깊어질수록 우리는 갈대처럼 고고하고 우아하게 나의 중심을 잡고 살아갈 것이다.

차례

프롤로그   004

Part.1
나를 보는 관점

'나'라는 고정관념	014
자꾸 남의 의견을 묻는 너에게	018
이렇게 저렇게 살아도 상관없다는 너에게	021
나의 발작 버튼	026
내가 보지 않는 것	030
열심히 살기도, 뒤처지기도 싫을 때	034
그럴 수 있지와 그래도 그럴 수 없어	037
내가 너무 무거운 나에게	040
자신만의 삶의 방식을 만든다는 것	043
딱히 좋아하는 게 없는데 어쩌라고	046
알고 있던 나로 살아가는 것	051
일상을 지배하는 것	056
일상을 벗어나고 싶은 너에게	061
나를 지킨다는 것	065
내게 너그러워지는 것	069
목표, 의지, 노력만으로 안 되는 이유	073
지금 보이는 그것이 당신이다	077
단순해지려 할수록 복잡해지는 이유	081
변하기 힘든 사소한 일에 대하여	085

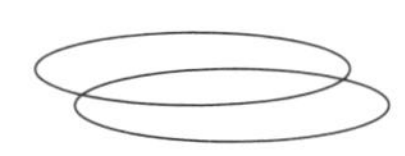

Part.2
나의 중심

도대체 기본이 뭐길래 092

나의 기본을 만든다는 것 095

나의 기본기를 위한 기초 공사: 몸 099

나의 기본기를 위한 기초 공사: 시간 103

나의 기본기를 위한 기초 공사: 에너지 흐름 108

나는 언제 자주 흔들리는가 112

갓생보단 무너지지 않는 일상 116

괜찮아야만 하는 당신에게 120

나는 언제 멈출 수 있는가 125

꾸준함이 내게 힘이 되지 않을 때 130

모순적이어도 괜찮아 135

모 아니면 도, 아니면 몰라의 세계 140

언어는 당신의 세계를 만든다 145

완벽한 시작은 없지만서도 149

내 인생의 원칙을 만든다면 154

어차피 나한테 관심 없는데 뭐 159

으이구, 줘도 못 받아 먹니 164

최선보다 더 중요한 것은 168

당신에게 여유가 빠져버린 이유 173

통제에 끌리는 나, 놓고 싶은 나 179

Part.3
나의 환경

나에게 기본기란   186

나를 지탱하는 환경과 시스템 만들기   189

내면 환경 구축하기   192

    1. 자기 탐구   193

    2. 유연함   195

    3. 단순함   196

    4. 일상 실험하기   198

    5. 지금을 사는 태도   200

외부 환경 구축하기   203

    1. 장소   203

    2. 시간   206

    3. 사람   208

    4. 소비   210

    5. 휴식   213

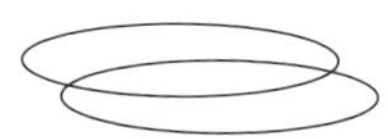

기본기를 지켜주는 것들   216

1. 언제든 시작점 다시 만들기   217

2. 마무리 포인트 정하기   219

3. 다양한 관점 수집하기   222

4. 가능한 시각화하기   224

5. 심심한 사치 허락하기   226

일상의 균형을 잡아주는 습관과 루틴   229

1. 지속 가능한 환경 만들기   230

2. 트라이얼 기간 만들기   232

3. 유지 습관과 성장 습관 구별하기   235

4. 달라진 상황과 공간 활용하기   237

5. 나만의 회고 루틴 만들기   239

결국 모든 것은 나를 사랑하기 위한 과정   243

부록 | 인텐션 노트   246

Part.1

나를 보는 관점

'나'라는 고정관념
: 내가 말하는 '나'는 누굴까

편안한 20대, 어색한 조합이다. 역시 불안한 20대가 입에 착 달라붙는다.

나의 20대 역시 목적 없이 흔들리는 배와 같았다. 어른이 무엇인지도 몰랐지만, 막연하게 무언가 성숙하고 멋진 존재라고 생각했다. 반면, 현실의 나는 소심했고 어리숙했다. 이런 모습으로 대학에 가기 두려웠다. 어른의 세계에서 아직 나만 고등학생으로 보일 것만 같았다.

한 동네에서 초·중·고를 모두 나왔다. 대부분 아는 친구들이었고, 공부해서 대학 가는 것이 목표였기에 나를 소개해야 하는 상황이 딱히 없었다. 대학에 들어가니 새로운 사람들이 넘쳐났다. 나를 소개하고 설명해야 하는 일들이 생겨났다. 어른이 되자마자 겪은 첫 고초였다.

나를 설명하는 것이 어려웠지만, 남들에게 잘 보이고 싶은 마음이 컸다. 나를 멋지게 설명하고 싶었다. 내가 어떤 사람인지, 무엇을 좋아하고 싫어하는지 자신 있게 말하는 사람처럼 보이고 싶었다. 나를 잘 모르는 그 시절의 나는 그런 사람을 동경했다. 나를 알기에 흘러나오는 확신, 자기 확신이 있는 자의 여유, 마주하는 상대를 압도하는 아우라. 하지만 경험도 없고 나도 나를 잘 몰라 우물쭈물하기 일쑤였다. 그 모습이 친구들에게 자신감 없고 매력 없는 사람으로 비칠까 걱정이 됐고, 나는 점점 위축됐다. 내가 참 별로라고 느껴졌다. 자신에 대해 모르는 것에 대한 자격지심이 생겼다.

그때부터였다.
일기장엔 나는 이런 사람이라고 정의 내리기 시작한 게.

나를 잘 알고 싶었기에 나를 기록해 나가기 시작했다. 이렇게 쓰고 나면 마음이 한결 가벼워지며 해방감을 느꼈다. 자신에 대해 잘 모른다는 것에 대한 마음의 짐에서 벗어난 기분이었다. 나의 성향과 특징이 정리된 노트를 보며 안도의 한숨을 내쉬었다. 이 노트가 스스로에 대해 잘 아는 사람이라는 것을 보여주는 증거와 같다고 느꼈다. 정리한 내용을 바탕으로 남들에게 설명까지 하고 나면, 제대로 살아가는 느낌이 들었다. 자신감 있어 보이는 나를 본 일부 친구들의 부러운 시선까지 받고 나면 우월감까지 들었다. 이런 생각은 '나 사용 설명서'를 만들어야겠다는 생각으로 이어졌다. 그럼 나도, 남도 모두 편할 것이라 생각했다. 선택하는 두려움도 관계에 대한 두려움도 느낄 필요 없이 그냥 설명서에 따라 결정하고 행동하면 되니까.

하지만 나를 정의하는 말들이 늘어갈수록 투명한 박스 안에 갇힌 것 같았다. 눈으로 직접 볼 수 없지만, 고정관념이 만들어낸 투명한 박스였다. 성장을 위한 다양한 선택지가 눈에 보여도, 이 박스는 더 나아가지 못하게 나를 가두었다. 제대로 살고 있음을 증명해 줬던 나의 정의들이 이제는 발목에 채워진 족쇄와 같았다. 스스로 정의한 대로 행동하지 않으면 자책하였고, 남들에게 했던 말과 다르게 행동할까 봐 노심초사했다. 사방에 나를 지켜보는 감시자가 있는 것 같았다. 자의식과 자기검열은 시간이 갈수록 심해졌다. 인생을 살아가는 것이 아니라, 매일 내가 만든 숙제를 억지로 해치우는 기분이었다. 그저 이 박스의 문을 열고 나오면 됐지만, 밖으로 나올 용기가 나지 않았다. 이 박스가 나를 불안으로부터 지켜줬다고도 생각했기 때문이다. 박스에 머물 자신도, 떠날 용기도 없었다. 앞뒤가 막힌 도로 위에 있는 기분이었다.

더는 못 견디겠다 싶을 때 방법이 하나 떠올랐다. 내가 만든 정의들 앞에 '지금은'이라는 말을 붙이기로 한 것이다. '그때는 맞고 지금은 틀리다'의 영화 제목이 와닿는 순간이었다. '지금은'이라는 이 세 글자는 나의 투명 박스에 문을 만들었다. 이 문은 투명 박스 밖에 나와 나를 볼 수 있는 기회를 주었다. 불안함 없이 말이다. 마음이 불편하면 언제든 다시 투명 박스 안으로 돌아가면 된다. 지금껏 나를 만들어온 이 투명 박스를 갑자기 없애거나 떠나지 않아도 된다는 생각은 오히려 나를 더 돌아보게 했다.

그동안 나에 대해 내렸던 정의들을 앞으로도 가져갈 것인지 스스로에게 물어보면서, 내게 맞는 것들만 추려 갔다. 이전 경험과 새로운 경험을 되짚어 보면서 기존의 정의들도 조금씩 변화하기도 하였다. 딱딱한 얼음이 살얼음이 되고, 물이 되고, 다시 딱딱한 얼음이 되는 과정을 반복하는 기분이었다. 이 유연한 순환 과정을 겪어가며 나란 사람을 아직도 발견하고, 알아가고 있다는 생각이 들었다. 이제는 숙제 같은 하루만 있지 않다. 조금씩 달라진 내가 새로운 하루를 살아가기도 한다. 이전보다 확실히 사는 것이 재밌어졌다.

모두에겐 이래야만 '나'스럽다고 여겨지는 것이 있다. 이것들은 때론 나를 편하게도 하지만, 때론 나를 조여 오는 족쇄가 된다. '지금은 이런 사람인데 앞으로는 아닐 수도 있어. 뭐 같을 수도 있고, 뭐 어때!'라고 스스로에게 말해보는 것은 어떨까? 지금 스스로에게 한번 말해보자. 이 별것 아닌 것이 나를 자유롭게 만든다. 이 별것 아닌 것이 더 나답게 살 수 있도록 만든다.

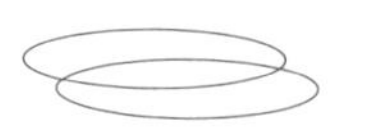

자꾸 남의 의견을 묻는 너에게
: 나는 내 생각이 없는 걸까?

'너는 어떻게 생각해?'
'너라면 어떻게 할 것 같아?'

대학 시절, 입버릇처럼 하던 말이다. 처음엔 정말 몰라서 물었고, 다음엔 다양한 의견도 들어보자며 물었다. 모른다고 가만히 있는 것보다 묻는 편이 더 좋다고 생각했다. 다른 사람에게 묻는 것이 내 나름의 해결책을 찾는 방법이었다.

그 당시 나에게는 늘 해결책을 주는 똑순이 같은 친구가 있었다. 그녀는 무엇이든 자신의 의견을 분명히 말하는 성격이었다. 어떤 것을 물어도 그녀는 본인이 아는 것과 모르는 것을 분명히 하고, 그 가운데 자신의 의견을 펼쳤다. 참 멋져 보였다. 그 모습을 닮고 싶었다. 그녀와 친해진 후 나는 그녀에게 더 적극적으로 물어보았다. 어떤 옷을 살지와 같은 사소한 결정부터 유학을 가야 하는지와 같은 큰 결정까지 그녀에게 물었다. 그녀는 "이런 것까지 묻냐."고 핀잔을 주기도 했지만, 스스로 생각하고 결정하는 것보다 그녀에게 묻는 것이 마음이 더 편했다.

언제부터였을까. 누군가 내게 물으면 '그녀라면 뭐라고 답할까?'라는 생각이 먼저 들었다. 받은 질문 중 이미 그녀가 답했던 질문이 있다면 그녀가 했던 말을 곱씹으며 최대한 비슷하게 말했다. 내 생각이 아닌 그녀의 생각을 전달했다. 내 말보다 그녀의 말이 더 논리정연하고 납득될 만하다고 여겼다. 하지만 이런 일들이 반복되자, 질문하는 것도, 받는 것도 싫어졌다. 남의 말을 그대로 읊기에 바빴으니 나란 존재로 사람들을 마주한 것이 아니었다. 그래서였을까? 누군가를 만나고 집에 돌아가는 길은 공허했다. 어쩌다 이렇게 됐는지 자책과 자기 위로를 반복했다. 그러다 마음속 한마디에 멈췄다.

"너한테 먼저 묻지 않았잖아."

정곡을 찔린 느낌이었다. 나에 대한 믿음이 부족했기에 나에게 묻지 않았다. 나보다 더 좋은 생각, 더 나은 결정이 있을 것이라 생각했기에 나에게 묻지 않고 남에게 자꾸만 물었다. 또한 그저 남의 의견을 따랐을 뿐이라며 선택에 대한 책임까지 회피하려고 했다. 나를 믿지 않는 건 둘째 치고 남 탓까지 할 생각을 했다. 나 자신이 부끄러웠다. 앞으로도 남의 이야기를 내 이야기처럼 말하며 살고 싶지 않았다. 그러기 위해 이제는 어떤 일이든 나에게 먼저 질문을 던져야겠다고 다짐했다.

다만 하나의 규칙을 두었다. 질문에 답을 하지 않아도, 못해도 괜찮다는 것이다. 대답까지 해야 한다면 내게 질문하지 않을 게 분명했다. 답하지 않은 것들은 메모하여 서랍 속에 넣어두었다. 질문에 얽매여 억지로 답을 내기보다는, 답을 찾아갈 수 있는 충분한 시간을 주기 위함이었다. 서랍 속 질문을 다시 꺼내보지 않아도 저절로 해결된 것도 있었고,

다시 꺼내보았을 때 실마리가 잡혀가는 질문들도 있었다. 이런 과정을 거치니 질문을 하고도 답을 바로 하지 않는 것에 연연하지 않게 되었다.

이 과정을 반복하면서 나에 대한 믿음과 인내심이 생겨났다. 스스로 질문하고 답하는 시간을 충분히 가지면서 독립적으로 문제를 해결할 수 있음을 몸소 느꼈다. 남에게 의지하지 않아도 자립할 수 있음을 알게 되면서 나에 대한 믿음이 단단해졌다. 스스로에 대한 믿음은 결코 말이 아닌 행동으로 생긴다. 그 행동은 '그저 나에게 먼저 물어보는 것'부터 시작될 수 있다. 생각의 기준점을 나에게 둘 수 있기 때문이다. 스스로에게 질문을 잘 던지는 사람은 자신에게 필요한 것이 무엇인지 잘 안다. 자신이 원하는 것을 분명히 아는 사람은 일상을 보다 또렷하게, 자신 있게 살아갈 수 있다.

모든 질문엔 각자가 내린 답이 있다고 믿는다. 그 답은 남과 같을 수도, 다를 수도 있지만, 그 답을 찾아가는 과정은 모두 다 다를 것이다. 자신이 내린 답이 '정답'인지 염려하지 않아도 된다. 중요한 것은 자신에게 먼저 질문을 던지고, 답을 찾아가는 과정을 겪는 것이다. 그 과정을 겪다 보면, 스스로 내린 결정에 대한 믿음이 생길 것이다. 이제 무엇이든 스스로에게 먼저 질문을 던져보자. 자신의 목소리를 찾아가는 첫 시작이 될 것이다.

"오늘은 당신에게 어떤 질문을 던졌는가.
그 질문이 당신을 어떻게 느끼게 했는가?"

이렇게, 저렇게 살아도 상관없다는 너에게
: 나는 무엇을 회피하고 있을까

부족하지 않은 환경에서 자란 것과 달리, 항상 없어 보이지 않을까 걱정했다.

부족한 것이 없지만, 표현할 수 없는 '부족함'과 '허전함'을 느꼈다. 대학에 들어가니 공부는 기본이요, 잘 놀고, 사교성까지 좋은, 말 그대로 잘난 애들이 많다는 것을 새삼 깨달았다. 모든 점이 평균 이상처럼 보였다. 무엇이 평균인지는 몰랐지만, 그들과 최대한 비슷하게 닮아가려고 노력했다. 그 노력 덕인지 보이는 부분은 어느 정도 구색을 갖춘 것처럼 보였다. 하지만 취업 시장에 뛰어들자마자 다시 한없이 작아졌다. 강남의 수많은 빌딩을 보며 '나 하나 밥 먹고 살 곳은 있겠지'라고 생각했지만, 쉽사리 도전하기가 두려웠다. 그 당시 엄마가 귀에 못이 박히도록 한 말이 아직도 기억난다.

"대학까지 걱정 없이 나오게 해줬는데 왜 돈을 못 버니?"

엄마는 돈이 갖는 힘과 무서움을 가르쳐 주려고 했다. 맞는 말이라 할 말은 없었지만, 만약 돈을 벌지 못한다면 나는 어떤 존재일까? 어떻게 되는 걸까? 라는 생각이 들었다. 엄마의 말은 돈을 당장 벌어야 한다는 강박으로 이어졌다. 무엇을 원하는지 생각하기보다는 그저 빨리 돈을 벌고 싶었다. 그만큼 빨리 엄마의 말에서 벗어나 안정감을 느끼고 싶었다.

드디어 나는 외국계 홍보대행사에서 6개월간 인턴을 시작했다. 고객이 원하는 톤앤매너와 시안에 맞춰 작업하는 것은 생각보다 어려웠고, 흥미가 생기지 않았다. 그 당시 내가 맡은 제품은 유아 제품이었는데, 고객사는 아기한테 말하는 듯한 톤앤매너(말투)로 블로그를 운영하기를 원했다. 참으로 고통스러웠던 업무였다. 6개월간의 짧다면 짧은 회사 경험은 앞으로 '뭐 해 먹고 살아야 하는지'에 대한 고민을 짙게 만들었다. 어떤 방향으로 가고 싶은지, 무엇을 바라는지 스스로에게 물어도 그저 '모른다'라는 답만 돌아왔다. 그래도 무엇이라도 해야 할 것만 같아서 영어 통·번역을 공부했고, 자격증을 땄다. 무엇이라도 해야 할 것만 같아 시작했던 게 끝이 나자, 다시 막막함이 찾아왔다. 어찌나 답답했던지 어렸을 때 했던 빨간펜 학습지를 풀고 싶었다. 하루 정해진 학습지를 풀고, 남은 하루를 죄책감 없이 편히 보내고 싶었다. 그렇게 하루하루를 막막하게 보내고 있을 때쯤 엄마는 내게 다시 물었다.

"너 언제까지 쉴 거니?"

다시 빨리 일하라는 신호였다. 엄마에게 생활비를 빌려 쓰고 있었기에 빨리 일자리 구하겠다고 재빨리 대답했다. 그날 밤 나는 울면서 잠에 들었다. 너무 억울해서 눈물이 났다. 나는 '쉰 적'이 없었기 때문이었다. 하루하루가 일했던 만큼이나 피로했는데 그저 쉰 것으로 비쳐졌다고 생각되자 이젠 이렇게 저렇게 살아도 상관없다는 생각이 들었다. 돈만 번다면 말이다.

그때 친척 언니가 우리 집에서 약 2시간 거리에 있는 중국 무역 회사를 소개해 주었다. 내가 중국어학과를 나왔으니 배운 언어를 활용해 보라 권했다. 그렇게 매일 아침 5시에 일어나 출근 준비를 시작했다. 회사엔 줄담배를 물고 있는 사장이 있었고, 내게 파일함에 이름표를 붙이는 일을 시켰던 부장이 있었다. 누구도 특별히 내게 업무 지시를 하지 않았다. 아무것도 안 하고 있으니 시간은 거북이 걸음보다 느렸다. 몸은 사무실에 있었지만 무엇을 해야 할지 몰랐다. 애써 일거리를 찾으려는 내가 안쓰러울 지경이었다. 회사에 일이 없으니 이상하다고 생각했지만 월급이 나오니 버텨야겠다 생각했다. 하지만 긴 출퇴근에 지쳐서일까? 할 것도 없는데 할 것을 억지로 만들려고 해서일까? 심한 몸살이 시작되고 지독한 독감을 앓았다. 며칠을 잠만 자며 이렇게 아플 수도 있는 것임을 생전 처음 경험했다. 그래도 월급이 나오니, 빨리 나아서 회사에 가야겠다고 생각했다. 하지만 3개월 정도 지나자 더 이상 월급이 나오지 않았다. 곧 준다는 말만 믿었다. 강제 저축한다는 기분으로 4개월이나 기다렸으나 결국 돈을 받지 못했다. 알고 보니 페이크로 만든 회사였고, 사장은 회삿돈을 가지고 해외로 도망갔다. 몸은 아픈데 돈까지 받지 못했다.

엄마는 '사기당하고, 돈도 못 벌고 아픈 나'를 보며 나를 어떻게 생각할까? 라는 생각이 들었다. 엄마는 나를 걱정했지만, 받지 못한 월급 때문에 또 엄마에게 생활비를 빌려야 하는 상황이 비참했다. 기껏 키워놨더니 별 볼 일 없다고 부모님이 생각할까 봐 걱정됐다. 하지만 이렇게 느껴봤자, 아픈 내가 할 수 있는 건 누워서 생각하는 것밖에 없었다. 생각하는 시간이 길어질수록 나의 마음은 누군가를 '탓'하는 것으로 향했다. 밥벌이를 못 하면 신경질 냈던 엄마 탓하기, 그 회사를 소개한 친척 언니 탓하기, 도망간 사장 탓하기… 이 사이클이 계속 반복됐다. 괴로웠지만 탓하지 않으면 견디기 힘들었다. 탓하는 것도 감정 노동이었다. 그것조차 이제 힘들어서 못 하겠다고 느꼈을 때 나의 상태는 바닥을 찍었다. 멍해졌다. 아무런 생각도 감정도 들지 않았다. 거울 속 지치고 슬픈 내 눈을 보았다. 눈물이 왈칵 쏟아졌다. 실컷 울면서 내게 미안하다는 말이 절로 나왔다. 돈을 벌어 엄마의 잔소리에서 벗어난다는 이유로 나를 내팽개쳤다. 나에게 솔직하지 못했음을 내 눈이 말하고 있었다. 엄마에겐 원하는 일을 찾아가는 시간이 필요하다고, 조금만 기다려 달라고 말도 하지 못했다. 말할 용기가 없어서가 아니라 내 마음속 깊이는 나를 팽개치고 싶은 마음이 있었기 때문이다.

'너무 힘든 일만 피해서 돈만 벌 수 있으면 되지 뭐.'

이렇게 나는 스스로에게 읊조리고 있었다. 원하는 것을 말하고 꿈을 만들면, 이뤄내지 못했을 때 실망할 내 모습을 볼 자신이 없었다. 돈 벌라는 엄마의 등 떠밂에 나는 나의 진짜 마음을 숨겼다. 이 사실을 인정하고 나니, 발가벗겨진 기분이었다. 가슴이 두근거렸다. 상황은 변한 것이 없었지만 거울 속 내 눈빛은 달라져 있었다. 미래에 내가 어떤 모습이 되길 원하든, 우선 현재 상황에서 벗어나야겠다고 결심했다. 어디를 바라보고 있는지 알 수 없었던 나의 시선이 지금이라는 순간에 멈춰 섰음을 느꼈다. 그리고 나의 눈빛은 내게 무엇을 원하든 지금 여기서 출발하자고 말하고 있었다.

원하는 것을 이뤄내지 못할까 봐 드는 두려움을 돈을 빨리 벌어야 한다는 불안감으로 덮으려 했다.

하나의 불안을 보지 않기 위해 다른 불안을 내게 주었다. 이제는 악순환의 고리를 끊어야 했다. 악순환의 고리를 끊기는 거울 보기로 시작했다. 아침에 눈을 뜨면 거울 속 나의 눈빛을 보았다. 현재에 발을 딛고 나를 마주하겠다는 초롱초롱한 눈빛이 보였다. 또 다른 나를 만나는 기분이다. 원하는 모습이 강렬할수록 지금을 잘 살아내겠다는 마음이 생겨났다.

더 이상 나는 이래도 저래도 상관없는 인생을 살고 싶지 않다. 흐름에 맞춰 물 흐르듯 사는 것과 다르게, 이는 나의 인생을 방관하는 것이기 때문이다. 이는 내 인생이지만 남의 인생처럼 사는 것과 같다.

"지금 그대는 그대의 인생을 어떻게 대하고 있는가?"

솔직하게 답하기 어려울 수도 있다. 하지만 괜찮다. 우여곡절 끝에 내게 던졌던 그 질문이 매일 아침 나의 눈빛을 보게 만든 것처럼, 이 질문을 놓지 않고 스스로에게 던진다면 그대도 그대만이 느낄 수 있는 변화가 시작될 것이다.

나의 발작 버튼
: 나를 어떻게 다뤄야 하는 걸까

나에게는 들으면 발광하게 되는 발작 버튼이 있다.

남도 나와 같지 않을까라는 생각을 해본다. 이미 알고 있거나, 아직 발견되기 전이거나

독수리의 등에 올라탄 까마귀의 공격을 이기는 방법에 대한 글을 본 적 있다. 까마귀를 공격하면 독수리는 까마귀를 쫓아내지 않고 더 높은 곳으로 조용히 날아오른다고 한다. 올라갈수록 산소가 줄고 까마귀는 독수리의 등에서 알아서 떨어져 나간다. 남이 방해하든 말든 내 갈 길 가면 적들은 알아서 떨어진다는 그런 의미를 담은 이야기라고 한다. 우리들 인생도 독수리처럼 살아보라고 말이다. 멋진 글이었지만, 내가 그렇게 살 수 있을까라는 본능적인 의문이 들었다. 나의 발작 버튼이 눌리면 나는 독수리처럼 더 높이 날지 못하고, 까마귀를 죽일 듯이 공격하기 때문이다.

나의 발작 버튼은 내게 "너는 할 수 없어." 같이 나의 한계점을 정하는 말이다.

그 누구도 모르는 미래를 현재의 모습으로 한계를 그어버리는 일.

그건 삶을 살아가게 하는 희망의 꽃을 꺾어버리는 것과 같다. 그런 말을 들을 때면, 나는 묻지도 않은 나의 미래에 대해 판단 내리는 이들을 못 배운 사람이라 부르며 경멸의 눈초리를 쏘아댔다. 나의 화는 정당했다. 정당해야만 했다. 나를 지키는 일이라 생각했으니까. 화를 낸 후에도 상대에게 미안함을 느끼지 않으려 했다. 미안함을 느끼는 순간 그냥 별거 아닌 일에 감정적으로 날뛴 것처럼만 느껴질 것 같았기 때문이다. 문제는 사랑하는 친구들이든, 별 관계 없는 사람들이든 말 속에 조금이라도 나를 제한하는 말이 있다면 발작 버튼이 똑같이 눌린다는 것이었다. 사람들은 내게 무언가 말하는 게 무섭다고 말했다. 소중했던 관계들이 나의 발작 버튼으로 틀어져 가고 있었다. 남이 나에 대한 한계를 짓지 못하게 하는 일이 나를 지키는 일이라 생각했는데, 나를 지키려 할수록 힘들어졌다.

발작 버튼이 몇 번 눌리면 정말이지 기진맥진해진다. 행복하지 않았다. 나는 나를 지키고 있는 게 맞는 걸까? 라는 생각이 들었다. 여전히 맞다는 생각이 들었지만, 앞으로 이렇게 살면 행복할까라는 질문에는 대답하지 못했다. 남들이 뭐라 하든 이뤄내서 증명하든지, 아님 무시하고 갈 길 가면 되는 것인데 난 왜 매번 그 말에 무너지고 마는 것일까? 그 말에 무던해지고 싶어 스스로에게 '넌 할 수 없어'라는 말을 해보았다. 울컥하며 눈물이 고였다. 애써 눈물을 삼켰으나 깊은 슬픔을 느꼈다. 여태껏 이 '할 수 없다' 말을 이겨내려고 무던히 애썼던 수많은 날들이 스쳐 지나갔기 때문이다. 할 수 있는 것들을 늘려가며 성취를 해나가야만 제대로 사는 것이라 생각했지만 이 숙제 같은 삶에서 벗어나고 싶었다. 이 숙제 같은 삶은 어디서부터 시작됐을까?

운 좋게도 배우고 싶은 것을 얼마든지 배울 수 있는 유복한 환경에서 자랐다. 부모님은 내게 필요한 것을 다 제공해 주었지만 난 뚜렷이 잘하는 것이 없었다. 좋은 식재료를 가지고도 아무것도 못 하는 것 같았다. 아빠는 종종 언니와 나에 대한 아쉬움을 내비쳤다. 우리에게 가졌던 기대감에 대해 말한 것이지만 나는 그저 자식 농사에 실패했다는 말로 들렸다. 그래서였을까, 어른이 되고 나서 끊임없이 내가 무엇을 할 수 있음을 부모님에게 보여주고 싶었다. 아직 자식 농사에 실패한 것이 아니라는 걸 증명하고 싶었다. 하지만 이런 나의 마음과 달리, 아빠는 내가 무엇을 하겠다고 말할 때마다 '네가 할 수 있을까? 내 생각엔 넌 못할 것 같은데'라며 의문을 던졌다. 그 말을 들을 때마다 내가 왜 못하냐며 길길이 날뛰었지만, 그때마다 나도 모르게 내 안에 의심의 꽃이 피어났다.

'나는 할 수 있을까? 할 수 없을 것 같기도…'

입은 스스로에게 할 수 있다고 말하지만, 마음은 이미 자신의 한계를 긋고 있었다. 이제 나는 어떻게 해야 하는 걸까? 무엇을 해야 할지 모르겠으나 확실히 혼자서 이 문제를 헤쳐 나갈 자신이 없었다. 이것을 인정하고 나니 무엇을 해야 할지 뚜렷해졌다. 주변에 나의 발작 버튼에 대해 말하고, 그리고 도와달라고 말하는 일이었다. 나의 치부를 드러내는 것 같아 망설여졌지만, 나를 믿고 진심으로 응원해주는 이들이 생각보다 많았다. 그리고 스스로에게 '할 수 있다, 없다'라고 판단 내리기 전에 먼저 움직였다. 현재 내가 할 수 있는 아주 작은 일에 집중했다. 보잘것없는 행동이라도 이는 내게 '할 수 있다'라는 긍정적인 신호를 보냈다.

　이런 노력에도 아직 나의 발작 버튼은 여전히 존재한다. 하지만 다행히도 이전처럼 자주 눌리지는 않는다. 지뢰가 존재해도 밟지 않도록 하는 임시 처방일지도 모르지만, 이제 나는 나의 지뢰 같은 발작 버튼을 어떻게 다뤄야 하는지 안다. 이러한 노력으로 이 발작 버튼이 없어질지, 평생 함께할지 모르지만, 이젠 나를 포용하며 살아갈 자신이 생겼다. 어느 글에서 똥통에 굴러도 나를 사랑해야 한다는 글을 본 적이 있다. 글쎄다. 그런 무조건적인 사랑을 내게 줄 수 있을지는 잘 모르겠다. 그럼에도 확실한 건 나를 더 사랑하려고 애쓰고 있다는 것이다. 이렇게 생각하니, 나의 발작 버튼이 살짝 예뻐 보이는 것 같기도 하다.

"당신의 발작 버튼은 무엇인가.
발작 버튼과 잘 살아가고 있는가?"

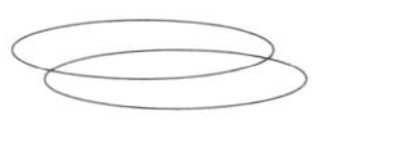

내가 보지 않는 것
: 내가 알지 못하는 것은 무엇일까

"미안해 그리고 정말 애썼어."

마비됐던 나의 왼쪽 팔을 붙잡고 했던 말이다. 난생 처음 내게 애썼다는 말을 했다. 어색했고, 코 끝이 찡해왔다. 이 한마디를 내게 하기까지 28년이라는 시간이 필요했다.

어린 시절, 아빠는 종종 내게 왜 자신감이 없냐고 물었다. 아빠의 물음에 답하는 것 대신 '넌 왜 자신감이 없냐며' 같은 질문을 스스로 되물었다. 무엇 하나 똑 부러지게 하지 못하는 자신이 싫었었다. 불행 중 다행인지, 어린 나이에도 불구하고 남이 나를 보는 시선과 내가 나를 보는 시선을 분리해서 보았다. 그리고 나를 대하는 태도가 곧 남이 나를 대하는 태도가 될 수 있음 어렴풋이 알고 있었다. 14살 때의 생각이니, 지금 생각해 보면 꽤나 조숙했다.

그래서 스스로를 바라보는 시선과 태도를 바꾸려고 노력했다. 더 나아질 수 있다고 끝없이 다이어리에 써나갔다. 부족한 것을 채우려고 노력하는 것이 내게 당연했다. 노력이라도 하지 않으면, 나 자신뿐만 아니라 남들까지도 나를 하찮게 여길 것만 같았다. 더 나아질 수 있다는 믿음을 행동으로 자신에게 보여주려고 했다. 말이 아닌 최대한 행동으로, 못하더라도 끝까지 해보는 것만이 내가 가진 유일한 무기라고 생각했다. 이 무기는 '생존'해야 하는 스타트업 신에서 죽지 않고 버티는데 큰 힘이 되었다. 일하며 부족한 것이 생겨도, 쓴소리를 들어도 일은 그저 배우면 된다며 크게 신경 쓰지 않았다. 하지만 멘탈 약하다는 소리는 견디기 어려웠다. 이는 나의 자존심을 구겨버리는 일이었다.

야근을 좋아했던 대표 밑에서 일하며 몸이 매일 혹사되고 있었을 때 일이다. 아침 8시에 출근해 밤 10시에 퇴근하는 삶이 일상이었다. 어떻게든 성과를 내보려 애쓰고 있었지만, 생각보다 일의 속도는 나지 않았고 대표의 성질과 조급함은 더해져 갔다. 하지만 성과만 내면, 목표를 이루면 태도가 바뀔 것을 알기에 버텼다. 안돼도 끝까지 하는 게 나의 장기 아니냐며 스스로를 채찍질했다. 결국 목표는 이뤘지만 나는 알 수 없는 감정에 휩싸였다. 무기력하지도, 우울하지도 않았지만 무언가가 잘못됐다고 느꼈다. 슬프지 않았지만 슬퍼야만 할 것 같은 알 수 없는 감정이었다. 이렇게 한 달이 지나자 회의 도중 왼쪽 팔이 마비되었다. 이제 다 괜찮아진 타이밍인데 왜 팔이 움직이지 않는지 이해가 가지 않았다. 하지만 팔은 빨리 회복되지 않았고 그렇게 퇴사를 했다.

'번아웃'이었다. 뇌를 속여 멘탈을 어떻게든 버틴 것 같았으나, 몸이 망가졌다. 제발 쉬라고 보내는 신호였다. 하지만 나는 인정할 수가 없었다. 멘탈이 약해서 생긴 일이라고 느꼈기 때문이다. 그냥 감기 같은 것이라 생각하고 빨리 나아서 일을 다시 시작하고 싶었다. 마음과 달리 생각보다 마비는 풀리지 않았다. 답답한 마음에 나도 모르게 왼쪽 팔을 보며 물었다.

'너 많이 아프니?'

대답 대신 눈물만 흘렀다. 그리곤 다시 생각하지 못했던 말이 튀어나왔다.

'너 많이 아프구나, 미안해'
'너 그동안 많이 애썼구나. 몰라줘서 미안해'

스스로에게 하찮지 않다고, 괜찮은 사람이라고 인정받기 위해 애썼던 수많은 시간들이 스쳐지나갔다. 이 시간들이 쌓여 지금의 내가 되었지만, 내게 감사하다는 말 한마디 하지 않았다. 그저 더 나아지는 것이 나의 권리이자 의무인 것 마냥 굴었다. '더 나아지고 싶은 나'만 알았지 '더 나아지기 위해 애쓰는 나'를 알아주지 않았던 것이다. 아프고 나서야 애썼던 내 모습이 보였다. 무조건 버티는 것이 나를 인정하는 방식이 아님을, 나를 진정 사랑하는 방식이 아님을 알게 된 순간이었다.

그동안 나는 하나만 알고 둘은 모르는 바보였다. 남이 아닌 자신과 경쟁해야 하는 것은 알았지만, 자신과의 경쟁을 어떻게 할 줄 몰랐던 것이다. 나와의 경쟁에서의 승패를 떠나 내가 했던 모든 생각과 행동들에 대한 감사가 필요하다. 나의 애씀을 자신이 알아줘야만 계속 달릴 수 있고, 달려야만 실패든 성공이든 더 나아가기 위한 노력을 할 수 있기 때문이다. 이제 나는 안다. 어제보다 더 나은 내가 되지 않아도,

더 나은 내가 되려는 나의 애씀을 알아주는 한 나는 멈추지 않고 달릴
수 있음을.

그래서 오늘도 이 글을 쓰는 나의 애씀에 감사를 표한다.

"오늘 당신은 자신을 위해 어떤 애씀을 했는가?"

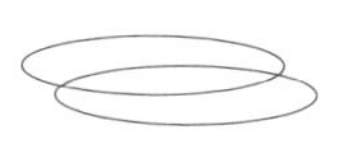

열심히 살기도, 뒤처지기도 싫을 때
: 나는 어떻게 살기를 바랄까?

열심히 살아야만 안도감이 들었다. 목표가 있었다기보다는 그저 뒤처지기 싫었을 뿐이었다.

무엇이든 열심히 해보려는 태도는 더 많은 기회와 성장을 가져다주었다. 하지만 어느 순간 열심히 사는 게 지겨워졌다. 한마디로 재미가 없었다. 성장이 게임 레벨처럼 보이는 것도, 규칙적으로 커지는 것도 아니기에 성장의 기쁨도 나의 지겨움을 이겨내지 못했다.

더욱 바쁘게 지내보면 나아지지 않을까 하는 마음에 일도, 약속도, 개인 목표들도 늘려보았지만, 바쁨 속에서도 권태로움은 사라지지 않았다. 웬일인지 무엇을 하려고 하면 할수록 자신에게 질려버렸다. 입에 물린 음식을 억지로 먹는 기분이었다. 더 애를 써도 지금의 권태로움이 해결되지 않자, 반대로 나를 비워보려 했다. 할 수 있을 만큼 일도 줄여보고, 산책도 가고, 글도 쓰고, 수면 시간도 늘려보았다. 컨디션은 회복됐지만, 이상하게도 늘어난 시간만큼 나의 인생이 지겹다는 생각도 함께 늘었다.

도대체 나를 어떻게 다뤄야 할지 막막했다. 열심히도 살지도, 제대로 쉬지도 못하는 내가 한심했다. '열심히 다시 해보자'와 '쉬면서 충전하자'의 무한 루프를 뱅뱅 돌며 에너지는 더 소모되고 있었다. 시간이 지날수록 조바심이 났다. 하루빨리 열심히 사는 그 모습으로 돌아가야만 할 것 같았다. 무엇을 열심히 할지, 어떤 것을 원하는지에 대해 생각하기보단 그저 열심히 사는 것에 빠져 안도감을 느끼고 싶었다.

무엇이 내게 필요한 것일까? 이 질문이 머릿속에 반복될 뿐 쉽사리 답이 나오지 않았다. 앞으로 더 나아가기 위한 질문에 대한 답을 못하자 그동안 나를 위한다고 내렸던 결정들과 행동들을 돌아보았다. 그동안 나는 끝없이 스스로에 대한 문제를 찾고, 질문하고, 해결하려고 했다. 그러다 보니 스스로의 문제를 찾고, 모든 것을 문제로 바라보는 일이 습관이 되었다. 그래서 문제가 아닌 것조차 문제처럼 보이기 시작했다. 인생에 답이 없다고 말하지만 정해진 답이 있는 것처럼 굴었다. 그리고 스스로에게 자꾸 요구했다. 자신의 문제를 풀라고, 해결하라고 말이다.

나는 일하든, 쉬든 어떤 상황에서도 스스로에게 무엇이 문제인지, 무엇이 필요한지, 또 어떻게 해야 하는지를 묻고 있었다. 이 때문에 일할 땐 더 힘이 들었고, 쉴 때는 일하는 것만 같았다. 그래서 스스로에게 끝없이 요구하는 나 자신에게 질려버렸다. 열심히 살려는 의욕은 없었지만 뒤떨어지는 것 같은 감정을 느끼고 싶지는 않아 스스로에게 계속 질문을 던졌던 것이다. 회복하고자 하는 나름의 애씀이었다. 하지만 나는 스스로를 기다려주지 못했다. 힘들고 지루할 순 있지만 금세 회복해야 한다는 압박감은 몸만 허둥지둥 움직이게 했다. 여러 생각, 감정, 질문들이 내게 올 때 가만히 지켜봐야 내가 정말 바라봐야 할 것들이 내게 남는다는 것을 몰랐다.

이제 스스로에게 잠시 질문을 멈추고, 단조로운 일상을 보내는 나를 관찰하기로 했다. 내게 이래야 한다는 요구도, 무엇을 하고 싶은지에 대한 질문도 하지 않았다. 감정과 건강을 해치지 않는 최소한의 루틴을 지켜가며, 타인을 바라보듯 나를 바라보려고 했다. 사실 나의 일상의 변화는 달라진 것이 없었다. 그저 똑같이 일하고, 밥 먹고, 쉬고, 놀았다. 하지만 더 이상 지겹지 않았다. 지루하지도 우울하지도, 엔돌핀이 솟구치지 않아도 일상이 살 만해졌다. 일상이 평온해지자 자연스럽게 스스로에게 질문을 던지기 다시 시작했다. 답을 억지로 찾지 않아도 일상의 나를 관찰하다 보면 내 나름의 답이 만들어지곤 했다. 일상의 지루함과 나태함, 그리고 같이 찾아오는 불안감도 해결하려 무작정 달려들지 않았다. 이 감정에 대해 천천히 알아보고, 가장 체력적·감정적 부담이 덜 가는 방향으로 조금씩 변화를 주려고 했다. 스스로를 배려한다는 것이 무엇인지에 대해 몸소 깨달았다.

누구나 한 번쯤, 아니 자주 열심히 살기는 싫고, 뒤처지기 싫은 순간들이 있다.

**"그 순간마다 당신은 스스로를 어떻게 대했는가.
스스로에게 어떤 말을 해주었는가?"**

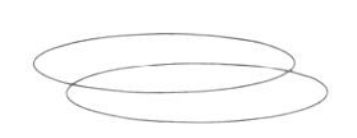

그럴 수 있지와 그래도 그럴 수 없어
: 나의 원칙은 무엇일까?

누군가 억울한 일이 있거나, 화가 나는 일에 대해 내게 말하면 '그래, 그럴 수 있지'라고 말하곤 한다. 이 말은 상대방의 일에 대해 시시비비를 따지지 않은 채로 상대방의 니즈를 충족시켜줄 수 있는 최적의 표현이다. 상대방은 잘잘못을 판단 내려 줄 판사가 필요한 것이 아니라, 현재 자신이 드러내는 감정에 대한 정당성을 확인하고 싶을 확률이 높기 때문이다.

'그럴 수 있지'라는 다섯 글자는 자신에 대한 너그러움과 다시 시작할 수 있는 용기를 준다. 스스로에 대한 높은 기대치와 엄격함을 가지는 사람일수록 이 말의 위력을 잘 알 것이다. 나 역시 날 선 말들로 스스로를 밀어붙였던 경험이 있기에 이 말이 가지는 효과를 안다. 나에게 그럴 수 있다고 말하기 시작하면서 표정과 어깨도 풀어졌고, 새벽에 깨지 않는 잠을 자게 되었다.

이처럼 '이래야만 해'에서 '이럴 수도 있고 저럴 수도 있지'라는 태도의 변화는 또 다른 세계를 열어주었다. 다양한 사람을 만나고, 생각을 들을 수 있는 진짜 어른이 되는 과정이라고 느꼈다. 이렇게 성숙한 어른의 세계로 가는 것만 같았지만, 어느새 상대방의 말에 무성의하게

'그래, 그럴 수 있지'라며 빠르게 화제를 돌리려는 나를 발견했다. 나와 다른 생각들에 대해 이야기를 오래 듣고 싶지도, 반박하고 싶지도 않은 마음이 들었다. 타인에 대한 존중과 더 넓은 세계로 가게 해주었던 그 말이 이제는 듣기 싫은 말을 피할 수 있는 사회적 기술이 되었다.

어쩌면 융통성 있게 변한 것이라 생각했다. 모든 사람과의 대화가 즐겁기만 한 것은 아니니까. 그럼에도 습관적으로 그럴 수 있다고 말하는 내가 거슬렸다. 상대방 이야기가 어딘가 모르게 불편해도 끄덕이고, 집에 돌아오는 길엔 왠지 모를 씁쓸함을 느꼈다. 그렇게 의견이 다를 때면 아예 입을 다물어버렸고, 어느새 상대방 모르게 그 관계에서 멀어졌다. 비겁한 줄 알았지만 이렇게 지내는 것이 마음이 편했고, 편해진 만큼 나의 인간관계는 좁아졌다.

지금의 내 모습이 딱히 싫지도 좋지도 않았지만, 이제는 나의 생각과 행동에 대한 최소한의 원칙의 필요성을 느꼈다. 내게 그럴 수 있다고 말할 수 있는 것과 그럼에도 그럴 수 없다고 말하는 것에 대한 기준이 있다면 자신도 타인과의 대화에서도 피하지 않고 마주 설 수 있을 것 같다는 모종의 확신이 들었기 때문이다. 이 원칙을 만들기 위해서는 일, 관계, 일상 등에서 내가 마음이 편하고 중요시하는 것들에 대한 관찰이 필요했다. 일기를 쓰고, 산책하는 방법도 도움이 됐지만 무엇보다 나를 발견하는 데 도움이 된 건 타인과의 대화였다.

결국 다시 돌아온 것은 타인과의 소통이었다. 대화를 통해 나와 타인과의 같음, 다름, 그 어느 것도 아닌 중간 등을 발견하면서 나란 사람의 형태와 윤곽이 다듬어져 갔다. 그저 '그럴 수 있지'라며 위로도 공감도 아닌 말로 대화를 넘기던 태도에서 벗어나, 그 말에 담긴 나의 생각과 태도를 돌아보게 되었다. 그렇게 대화는 조금씩 재밌어졌다. 나를 공격하려고 말을 하지 않은 거라면 반대 의견과 다른 라이프스 타일에 대한 이야기를 한 번 더 듣고 질문하면서, 나의 삶을 때론 가볍 게, 때론 무겁게 회고해 보곤 한다.

 모두가 자신만의 원칙과 규칙이 있다고 생각한다. 그게 흘러가듯이 사는 것이든, 그 어떤 것이든. 어쩌면 살아가는 것은 내게 이미 존재하 는 원칙을 따르면서 앞으로 더 나은 삶을 위한 원칙을 만들어가는 것 이 아닌가라는 생각이 든다.

 **"당신의 삶의 원칙은 무엇인가.
 당신에게 그럴 수 있는 것과 그럴 수 없는 것은 무엇인가?"**

내가 너무 무거운 나에게
: 나는 충분히 누릴 줄 알까?

명품이 어울리는 사람이 따로 있을까? 어느 정도 나이가 되면 명품 가방 하나쯤은 있어야 한다는 말을 한다. 중요한 자리에서 들고 갈 건 하나쯤은 있어야 한다고 말하면서 말이다. 나 역시 하나쯤은 있어야 하나 싶었는데, 결혼 준비를 하며 프러포즈 가방을 받게 됐다.

기쁨도 잠시, 나는 그날 밤 잠을 이루지 못했다. 저런 비싼 가방이 내가 필요한가부터, 내가 들기엔 너무 비싼 건 아닌가, 비가 오면 머리에 가리개로 쓰지 못하고 품에 감춰야 하는 건가, 잠깐 들어보기만 했는데 환불이 되는 건가까지 수십 가지 생각을 했다. 평생 기억에 남을 프러포즈의 밤을 어찌 보면 찌질한 생각들로 채웠다. 환불을 할까 심각하게 고민했지만, 그러기엔 그의 마음과 노력이 미안해 이러지도, 저러지도 못하고 포장 그대로 방에 모셔 두었다. 약속이 있을 때마다 그는 내게 그 가방을 들고 가라고 말했지만, 이런저런 핑계를 대며 기스 나도 마음 편한 가방을 들고 나갔다. 좋고 값비싼 것들을 장롱 속에 숨겨 두는 엄마에게는 그냥 쓰라며, 죽어서는 가져가지도 못한다고 잔소리를 해댔건만, 나의 모습은 엄마와 똑같았다.

나는 사실 명품을 적대하는 것은 아니지만, 명품을 드는 것보다 남에게 보이지 않는 나의 내면, 태도, 생활 습관 등에 더 관심을 가졌다. '빈 깡통이 요란하다'라는 말이 내게는 통하지 않길 바랐다. 단단한 내면에서 나오는 아우라가 그 사람 자체를 명품으로 만든다고 생각했기 때문이다. 이런 생각 때문이었을까. 보이는 것보다 보이지 않는 것에 집중해야 한다는 의무감까지 들었다.

하지만 내면을 중요시하는 것과 프러포즈 가방을 받은 일 사이에는 어떤 관련성이 있었던 걸까? 무엇이 밤새 환불을 해야 하나 말아야 하나를 고민하게 만들었을까?

한참을 고민한 끝에, 나는 그 명품의 가치와 나의 가치를 저울질하고 있음을 알게 됐다. 가방과 나 자신을 비교하는 것이 말이 안 된다고 머리로는 알고 있었지만, 마음은 자연스럽게 비교하고 있었다. 소득에 맞지 않게 허세 부리는 모습으로 비칠까 걱정도 했다.

밤잠 설치며 고민하던 내게 친구가 한마디 던졌다.

"이 중생아, 그냥 좀 누려라! 좋은 걸 있는 그대로 누릴 줄 아는 것도 능력이야."

명품이고 나발이고, 스스로 좋다고 생각하는 것에 부정적인 감정이나 평가를 내릴 필요 없다는 말이었다. 할 말을 잃었다. 나는 분명하지 않은 감정과 남의 시선을 앞세워, 무엇을 누릴지 말지를 정하고 있었다. 따지고 보면 누릴 수 있을 '때'라는 건 따로 없다. 나는 단지 비싸다는 사실에만 시선을 두고, 가방의 디자인, 품질, 그리고 나를 위해 이리저리 고민했을 그 사람의 마음에는 시선을 두지 않았다. 말 그대로 보이는 것에만 따졌던 것이다.

참, 프러포즈 가방 하나에 여러 생각이 더해졌다. 명품 가방과 나의 가치를 비교하는 나, 좋은 걸 그대로 누리지 못하는 나를 보며 스스로를 참 불편하게 하며 살고 있다고 느꼈다. 그저 온전히 기뻐하지 못하는 내 모습이 무거웠다. 이렇게 저렇게 생각해 볼 수 있지만, 이런 생각들은 곧 '이래야 하나? 저래야 하나?'라는 생각으로 이어졌다. 한마디로 스스로를 참 피곤하게 하는 생각의 패턴이었다.

이래저래 프로포즈 가방 하나가 쏘아 올린 생각들이 평소 나를 대하는 태도에 대해 돌아보게 했다. 자신에게 가장 좋은 것들을 주려 해도, 좋은 것을 온전히 받아들일 자세가 되어 있지 않으면 좋은 것을 받아도 좋은지를 모르거나 '내가 누려도 되는지'에 대한 쓸데없는 자격을 논하게 된다. 고기도 먹어 본 사람이 먹는다고, 좋은 것을 그대로 받아들이는 감정 연습이 필요함을 깨달았다. 친구가 말한 '그냥 좀 누려라'라는 것도 연습이 필요한 것이다. 그 연습을 하다 보면 무겁게 쌓인 생각들은 가벼워지고, 좋은 것을 온전히 즐기는 순간이 오지 않을까 한다. 그게 물질이든 마음이든 말이다.

"당신은 어떠한가.
좋은 것을 누리는 자신을 편안하게 느끼는가?"

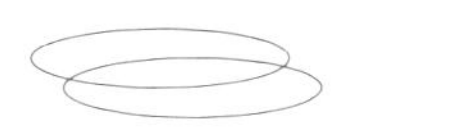

자신만의 삶의 방식을 만든다는 것
: 삶의 방식은 정하면 되는 것일까?

우아한 사람이 좋다. 실키한 피부에 잘 관리된 옷차림, 여유 있는 표정 등은 끌리는 매력을 준다. 그 우아함의 근간에는 자신과 잘 어우러진 삶의 태도, 가치관, 규칙들이 자리 잡고 있다고 믿는다. 삶을 대하는 태도는 눈빛에서 나온다.

숙제처럼 사는 사람과 본인 인생의 키(key)를 잡은 사람의 눈빛은 다르다. 말하지 않아도 뿜어 나오는 긍정적인 에너지는 그 사람만의 아우라를 만든다. 이는 단순히 지식, 돈, 외모가 보여주는 것 외에 그 사람의 또 다른 고유함을 만든다. 모든 사람이 세상에 단 하나뿐인 존재라 하지만 우리는 각자의 고유성을 발견하며 독자성을 만들어간다. 이런 관점에서 보면 인생은 끊임없이 나와 타인을 구분하며 스스로에게 '내가 나임을' 증명하는 과정처럼 느껴진다.

사람 사는 것이 거기서 거기라고 하지만 그럼에도 사람들은 자신만의 '인생'을 만들고 싶어 한다. 특별한 일은 가뭄에 콩 나듯 있고, 반복되는 일상을 살아내다 보면 매일 바위를 밀어 올리는 벌을 받는 시시포스와 비슷한 처지가 아닌가 싶기도 하다. 알베르 카뮈는 바위를 들어 올리는 순간에도 행복할 수 있다고 하지만 현실은 녹록지 않다. 인생이라는 고통 속에서도 행복을 발견하고 나의 의미를 찾아야 하는 숙제가 주어진 것이다.

"나는 어떤 삶을, 어떠한 방식으로 살고 있을까?"

나는 이 질문에 답하기 위해 원하는 나의 모습에 맞춰 수많은 결심과 원칙을 만들어냈다. 그때의 나는, 통제할 수 없는 것을 붙잡으려 애쓰며 살고 있었다. 그렇게 수많은 결심과 규칙, 그리고 원칙들이 지나갔다. 일관되게 지켜야 할 원칙이 '지나갔다'라는 것은 애초에 원칙으로서의 힘이 약했을지도 모르겠다. 아니면 순간의 불안감을 지우기 위한 임시방편이었을지도. 이러한 나의 애씀은 겉으로 볼 땐 일명 '갓생'으로 보일 수 있었지만, 나의 내면과 몸은 늘 긴장되어 있었으며, 다음에 무엇을 해야 할지에 대한 생각을 멈추지 못했다. 한마디로 반은 좋고 반은 괴로웠다. 좋음과 괴로움이 뒤섞여 그것이 성장통인지 문제인지 분간하기 어려웠다.

바라는 인생을 살기 위해 자신에게 약속했던 규칙들은 상황에 따라 유연하게 변화하고 수정되었기에 마음은 더욱 혼란스러웠다. 지금 사는 것처럼 계속 사는 것이 힘겹게 느껴지자, 나에게 어떠한 약속과 규칙을 요구하지 않아 보기로 결심했다. 자꾸 규칙과 기준을 만들려는 나를 의식적으로 멈춰 세웠다.

멈춰 서니 삶의 방식을 만들어가는 게 아니라 이미 정해 놓고 그대로 숙제처럼 사는 나를 발견했다. 숙제처럼 살기 싫어서 했던 일들이 오히려 숙제 같은 삶을 만들었다. 이를 깨닫자, 이제부터는 이 두 가지에 익숙해져야겠다는 생각이 들었다.

'모르는 것에 익숙해지는 것'과 '직감을 따르는 것'이다.

그동안 인생에 답이 없다고 하지만 내 인생은 내 나름의 답을 내려야 한다는 의무감을 느꼈다. 자신에게 던진 수많은 질문에 무조건 '답'을 달았다. 모르겠는 것도 우선은 쥐어짜서 논리적으로 이해가 되는 답을 했다. 그래야 제대로 내 인생을 사는 것처럼 느껴졌다. '모르겠다'라는 말에 익숙해지니 또 다른 나를 발견할 수 있는 길이 열렸다. 모르는 것에 솔직해지고, 논리적으로 말이 안 돼도 마음이 편해지는 길을 따라가 보았다. 직감을 따르니 애써 머리 굴려 결정했던 것보다 수월하게 일이 풀려갔다. 물론 매번 좋은 결과로 이어지진 않았지만, 비로소 나만의 인생의 방정식을 찾아가고 있다고 느꼈다. 이전처럼 몸이 긴장되는 것이 줄고, 사고에 여유를 주니 진정 내게 필요하다고 생각되는 원칙들만 남겨졌다.

**"지금 당신의 삶의 방식은 어떠한가.
그 방식은 당신의 마음을 편하게 하는가?"**

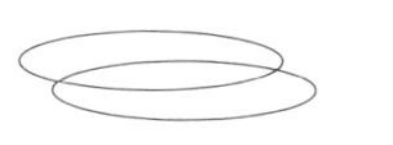

딱히 좋아하는 게 없는데 어쩌라고
: 나는 애매한 인간일까?

"뭐 먹을래?"

"아무거나."

"짜장면 먹을까?"

"아니…."

"치킨 먹을까?"

"아니."

이런 대화를 몇 번 주고받으면 친구는 짜증이 나서 내게 뭐 먹고 싶은지 직접 말하라고 한다.

그러면 내 대답은 "결국 짜장면 먹자."가 된다.

상대에게 미안하지만 종종 내게 있는 일이다. 사소한 메뉴 결정에도 이렇게 애매하게 군다. 딱 좋아하는 걸 말하고 싶지만 정말이지 딱 떠오르지 않는다. 그저 "아무거나."가 가장 속 편한 대답이 된다.

나를 가장 잘 표현하는 형용사가 있다면 그건 '애매하다'일 것이다. 특출난 것도, 특별히 부족한 것도 없는, 그냥 그런 사람이라고 스스로 여겼다. 평균을 좋아하는 대한민국에서 그 중간에 살고 있다는 것만으로 감사한 일이겠지만, 어쩐지 나는 이런 나를 뜯어고치고 싶었다. 애매한 나를 고쳐야 하는 존재로서 바라보았다.

그렇다고 꼭 이루고 싶은 것이 있는 것도 아니었다. 애매한 나를 뜯어고치고 싶어 했지만, 그 이유가 단순히 향상심 때문만은 아니라는 걸 직감적으로 알았다. 그 이유는 좋아하는 것이 딱히 없는 것에서 오는 애매함이었다.

"좋아하는 일을 해야 한다.", "좋아하면 잘하게 된다."는 말처럼 우리는 좋아하는 것을 찾는 일에 유독 집착한다. 좋아하는 것을 알고 그 일을 하면 행복해질 것이라는 믿음 때문이다. 하지만 좋아하는 일을 해야 한다는 것, 좋아하는 것을 찾아야 한다는 것은 상당한 압박감을 준다.

사실 좋아하는 게 딱히 없을 수도 있다. 그런데 나는 왜 좋아하는 것이 없는 이 상태를 벗어나고 싶었던 것일까? 그 속에는 삶에 대한 불안감이 있었다. 이것도 저것도 아닌, 매력 없고 별 볼 일 없는 삶을 살아가게 될까 봐 두려웠다. 그래서 애써 내 성향에 맞지 않는 것도 해보고, 좋아하는 척도 해보고, 괜히 튀는 옷도 입어보기도 했다. 하지만 좋아하는 것을 찾으려고 할수록 내게서 멀어져 가는 것처럼 느껴졌다. 오히려 싫어하는 것들이 더 뚜렷해지곤 했다. 마치 모래 속에서 무언가를 찾으려고 손을 넣고 헤집고 다니는 기분이었다. 그래도 이 헤집는 행위를 멈출 수가 없었다.

이 불안함은 나를 더 불안해질 수도 있는 스타트업 업계로 이끌었다. 어쩌면 불안함을 불안함으로 잊으려고 했는지도 모르겠다. 아이디어만 가진 미국인과 한국에서 첫 스타트업을 시작했다. 법인 설립부터 투자 유치까지, 그 과정에서 당장 해결해야 할 일들을 하다 보니 3년이라는 시간이 지났다. 나름의 우여곡절과 산전수전을 겪으면서 좋아하는 일을 발견했으면 좋았겠지만, 여전히 나는 무엇을 하며 살아갈지 잘 몰랐다. 이런 복잡한 마음을 가지던 중, 아빠가 내게 이렇게 말씀하셨다.

"싫어하는 일을 하지 않는 것만으로도 진짜 행복한 인생이야."

아빠의 인생 경험에서 우러나온 말이었다. 자신과 맞지 않는 일을 하면서 꾸역꾸역 숙제처럼 살며 생계를 꾸려가는 사람들도 많기에, 나의 고민은 오히려 사치처럼 느껴졌다. 하지만 그렇다고 내 고민이 해결되는 것은 아니기에 아빠의 말을 바탕으로 이제 싫어하는 것을 찾아보기로 했다.

싫어하는 것을 찾는 일은 좋아하는 것을 찾는 일보다 만 배는 더 쉬웠다. 나는 호불호가 분명한 성격이라기보다, 유독 싫어하는 것이 또렷한 사람이었기에 이 일만큼은 자신이 있었다. 일과 상관없이 그냥 싫다고 생각되는 것을 다 적어봤다.

예를 들어,
  - 나는 반복적인 일이 싫다.
  - 나는 정리되지 않는 것이 싫다.

- 나는 사람 많은 곳이 싫다.
- 나는 묻지도 않았는데 자기 이야기를 늘어놓는 사람이 싫다.

등등 끝도 없이 나왔다. 나와 가장 가까이 있는 남편에게 어떤 것이 싫다고 말했는지만 써도 한 페이지는 거뜬한 분량이었다. 원래 부정적인 것이 뇌에 더 자극적이라 그런지 머리가 팽팽 돌아갔다. 부정적인 것에 집중하는 것이 내게 도움이 될까 싶었지만 나를 더 깊이 알게 되는 시발점이 되었다.

나는 왜 이걸 싫어할까?
그럼, 그 반대는 어떨까?

이 두 가지 질문을 싫어하는 목록 하나하나에 대입해 생각해 보았다. 결과는 생각보다 명확했다. 나는 꽤 뚜렷한 성격을 가진 사람이었다. 그리고 좋아하는지 싫어하는지 애매한 것들은 직접 해봐야겠다는 생각을 했다. 막연하게 좋아하는 것을 찾으려고 하던 것에서 더 구체적인 행동으로 넘어가게 된 것이다. 그리고 그 행동들이 이제 더 이상 숙제처럼 느껴지지 않고, 즐거움으로 다가왔다. 이제 망망대해에서 좋아하는 것을 막연히 찾지 않아도 되었다. 싫어하는 것들이 만들어준 기준을 가지고 움직이니 가야 할 방향이 보이기 시작했다.

애매하다고 여겼던 나의 회색 지대는 오히려 싫어하는 것들을 마주하면서 줄어들기도 하고, 다른 색으로 변하기도 했다. 그리고 이는 나만의 고유성과 매력을 만들어주고 있음을 알게 됐다.

어쩌면 애매함은 나의 삶을 더 흥미롭게 만들 수 있는 요소일지도 모른다는 생각이 들었다. 애매함을 극복해야 할 무언가로 보는 것이 아니라, 아직 발견되지 않은 나의 영역으로 받아들이자 더 이상 이 애매함이 나를 괴롭히지 않았다. 여전히 내겐 애매한 구석이 많다. 하지만 이제 그건 내가 아직 발견할 것이 많다는 의미일 뿐이다. 애매한 나를 고쳐야 한다고 생각했던 내가 이제는 그 애매함을 더 알고 싶다.

**"당신은 어떤 것이 싫은가,
그리고 그 반대는 어떠한가?"**

좋아하는 것을 말하는 것만큼이나 싫어하는 것을 말하기 어려울 수 있다.
괜찮다. 중요한 것은 자신에 대한 질문을 멈추지 않는 것이다.

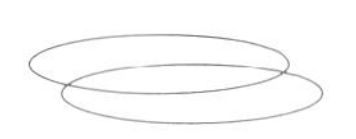

알고 있던 나로 살아가는 것
: 반만 알고 사는 게 아닐까?

나의 첫 독립은 도망이었다.

스물여덟, 나는 도망치듯 집을 나왔다.

'가계약'이라는 단어도 처음 들을 만큼 독립에 대한 준비는 전혀 되어 있지 않았다.

그럼에도 불구하고, 번갯불에 콩 볶듯이, 겨우 집 세 군데를 보고 바로 계약했다. 모아둔 돈도 얼마 없었고, 부모님께도 알리지 않은 상태였다. 그럼에도 당장 나와 살지 않으면 미쳐버릴 것만 같았다.

20대에 불안하지 않은 순간이 어디 있겠냐마는, 나의 20대 후반은 20대 초반만큼이나 세차게 흔들렸다.

법적으로 성인이 된 20살의 서투름과 방황은, 서른을 앞둔 지금 또 다른 형태로 찾아왔다. 나이는 들었지만, 여전히 내 두 발로 단단히 서 있지 못한 것은 20살 때와 다르지 않았다.

보수적인 우리 집에서 나의 독립 선언은 온 집안의 통곡을 불러왔다. 엄마는 내가 나가면 어떻게 살겠냐며 울었고, 아빠는 결혼하면 평생 떨어져 살 텐데 왜 벌써 그러냐며 호통을 쳤다. 돌이켜 보면, 나의 독립은 부모님에게도 큰 변화였다.

아빠와 엄마의 나이 차가 띠동갑을 넘은 만큼, 가치관의 차이도 컸다. 그런 만큼 다투는 일도 많았고, 다툼이 잦아질수록 두 분 사이의 대화는 줄어들었다. 그 사이, 두 살 터울인 언니와 내가 있었다. 언니와 나는 부모님에게 헤어지지 않는 이유이자, 적막한 집안의 공기를 채우는 역할을 했다. 특히 나는 고3 때까지 엄마와 방을 같이 쓰고 잠도 함께 잤기 때문에, 엄마는 나에게 유독 의존했다.

이사 가기 전까지의 날들은 불편함의 연속이었다. 그럼에도 나가야 한다는 이유를 꺾지 않고 고수할 수 있었던 건 '결혼'이었다. 당시 결혼을 약속한 남자친구가 있었는데, 나는 그를 핑계 삼아 독립을 밀어붙였다. "결혼 전에 한 번쯤은 혼자 살아봐야 하지 않겠냐"며, 속된 말로 이미 머리가 컸을 만큼 컸는데, 나 혼자 제대로 서보지도 못하고 가족에 속해 있다가 또 가족을 만드는 것은 정말 싫다며 서럽게 울었다. 남자친구를 핑계로 내세웠지만, 사실 나는 혼자서는 온전히 살아내지 못하는 사람이 될까 두려웠고, 부모님 사이에서 눈칫밥을 먹는 환경을 견딜 수 없었다.

이런 우여곡절 끝에 나의 독립이 시작됐다. 도망치듯 급하게 시작됐지만, 이상하게도 자신감은 있었다. 먹고, 자고, 입는 것을 내 마음대로 할 수 있다면, 꿈꾸던 무언가도 쉽게 이룰 수 있을 것만 같았다.

먹고 싶지 않을 때, 먹고 싶지 않은 음식을 강제로 먹지 않아도 되고, 듣기 싫은 TV 소리를 듣지 않아도 된다는 것만으로도 큰일을 해낸 듯한 기분이었다.

나의 첫 집은 문을 열면 침대와 싱크대가 한눈에 보이는, 현관문을 여는 순간 집 구경이 끝나는 작은 공간이었다. 돌이켜보면 내 몸 하나 누일 곳이면 어디든 뛰쳐나오고 싶었던 그 조급한 마음이 고스란히 느껴진다. 그래도 나는 '오늘의 집', 쿠팡 앱을 수시로 확인하며 살림살이를 채워 나갔다. 필요할 것 같은 물건이면 돈이 없어도 주문하고, 집에 쌓아두었다. 내게 필요한 것을 주고 있다고 생각했지만, 한숨이 자꾸 나왔다. 독립만 하면 모든 게 해결될 줄 알았던 그 순진한 생각이 현실로 다가왔다. 오랫동안 독립을 꿈꿨기에 내가 어떻게 살고 싶은지도 명확하다고 믿었다. 하지만, 나는 독립 자체에만 에너지를 쏟았을 뿐, 그 이후의 삶에 대해선 깊이 생각해 본 적이 없었다. 그래서인지 나의 생활은 부모님과 함께 살았을 때와 크게 다르지 않았다.

내 취향이 뚜렷하다고 여겼지만, 나의 집은 부모님 집과 닮아 있었고, 내가 싫어했던 것들까지 그대로 묻어 있었다. 물리적 독립은 이루었지만, 정신적 독립은 이제부터 시작이었다. 정신적 독립이 무엇인지 생각하던 중, 나의 방과 그 안의 물건들이 눈에 들어왔다. 이 방이, 이 물건들이 내 정신과 내면의 일부분을 대변하고 있는 것은 아닐까 싶었다. "공간을 보면 그 사람이 보인다"는 말이 실감났다. 어수선한 방을 보며 서둘러 청소했지만, 조금 정리가 되었을 뿐 분위기는 크게 달라지지 않았다. 결국 6개월도 채 살지 않고, 생활 공간이 분리된 곳으로 이사했다. 빨리 나와 살겠다는 생각만 했지, 어떻게 살지에 대한 고민하지 않았던 대가였다. 이사를 하면서 한 가지 다짐을 했다. 지금까지의 살던 방식과 다르게 살아보겠다고 말이다.

하지만 지금까지 살아온 방식은 부모님과 함께한 것이었기에, 혼자 살아온 경험의 데이터가 없었다. 내가 원하는 삶의 기준을 알기 위해서는, 지금까지 알고 있던 나를 잠시 뒤로 두고 새로운 경험을 쌓아야 했다. 먹는 것, 자는 것, 사는 모든 것에 나름의 컨셉을 잡고 시도해 보기로 했다. 아침형 인간이 되어보기도 하고, 올빼미처럼 생활해보기도 했으며, 모든 걸 유기농으로 먹어보기도 했다.

때로는 내 수입보다 럭셔리하게 살아보기도 했고, 적은 예산으로 1,500원짜리 커피를 살까 말까 한참 고민해보기도 했다. 무엇이 좋고 싫은지 결론을 내리기 전에, 내가 어떤 삶을 원하는지에 대한 작은 힌트를 얻고 싶었다. 그 과정은 생각보다 재밌고 의미 있었다. 내가 알고 있던 내가 명확하게 드러난 부분도 있고, 예상치 못한 새로운 모습도 발견했다.

무엇보다 다양한 생활 방식을 경험하며 나에게 맞는 삶의 리듬과 소비에 대한 관점도 생겼다. 올빼미처럼 사는 것은 나와 전혀 맞지 않았고, 다양한 가격대의 물건과 음식을 경험하면서 어떤 것이 내게 가치 있는 소비였는지 알게 됐다.

만약 과거의 나처럼, 부모님이 보여준 선택지 안에서만 살았다면, 무엇을 선택하든 그것이 맞는지 끊임없이 의구심을 가졌을 것이다. 나는 사람의 모습이 마치 와장창 깨진 유리조각만큼 다양하다고 믿는다. 그 깨진 조각들은 이미 존재하지만, 내가 그것을 찾아내지 않는 한 나는 여전히 내가 알고 있는 몇몇 조각으로만 살아가게 된다. 어쩌면, 나는 새로운 내 모습을 만든 것이 아니라, 이미 내 안에 존재했던 것들을 발견한 것일지도 모른다.

"당신은 당신에 대해 무엇을 알고 있는가.
아직 찾지 못한 조각들을 만나고 싶지 않은가?"

괜찮아야만 하는
당신에게

일상을 지배하는 것
: 단단한 일상은 무엇일까

1인 가구가 늘면서 개인의 행복이 더욱더 중요해지고 있다. 소확행(소소하지만 확실한 행복)부터 아보하(아주 보통의 하루)까지 소소한 행복이라는 키워드가 사람들의 관심을 끌고 있는 이유도 아마 그 때문일 것이다. 이제는 크고 거창한 이벤트보다는 작고 소소한 것들, 그리고 하루라는 작은 단위에 더 마음을 기울인다. 이에 따라 당장의 하루를 온전히 보내는 것에 노력을 기울이는 이들이 많아지고 있다. 미래의 불확실성이 클수록 당장의 손에 잡힐 것 같은 오늘에 더 집중하게 되는 것은 어쩌면 자연스러운 일일지도 모른다.

나 역시 몇 년 후의 모습에 대해 고민하기보다는 오늘 하루를 어떻게 보낼까에 더 많은 에너지를 쏟고 있다. 이런 모습은 어쩌면 미래를 계획하지 않는 사람처럼 보일지도 모른다. 하지만 아직 오지 않은 미래를 준비하기 위해 내가 할 수 있는 최선의 대처는 오늘, 내일, 그리고 당장의 일주일에 집중해 사는 것이다. 물론, 가끔 몇 년 후의 나를 상상해 보곤 한다. 하지만 그 상상은 언제나 희미한 윤곽에 그치고 만다. 1년 후엔 이런 모습일까? 3년 후엔 저렇게 변해 있을까? 이런저런 생각을 이어가 보지만 결국 이내 포기하고 만다. 이는 단순히 나의 상상력 부족 때문은 아니다. 그 상상이 곧 나의 숙제가 되어 오늘을 짓눌

러버릴 것 같은 무게감으로 다가오기 때문이다.

그렇다고 오늘을 인생의 마지막 날처럼 살 수 있는 깡다구나 용기가 있는 건 아니다. 한때는 미친 듯이 하루하루를 갓생으로 살아보려 애쓴 적도 있었다. 하지만 시간이 지날수록 그런 노력은 뿌듯함보다는 나에 대한 당연함과 기대감만 높여놓았다. 갑작스러운 여행을 떠나거나 방탕하게 하루를 보내는 것도 신체적·정신적으로 너무 많은 에너지가 필요했다. 그러다 결국 모든 것이 귀찮아지고 무심해진 나를 발견하곤 했다. 이는 자극적이지도 무료하지도 않은 일상을 보내려면 어떻게 해야 할까라는 생각으로 이어졌다. 그러다 문득 불교에서 말하는 기쁘지도 슬프지도 않은 중도(中道)의 상태가 떠올랐다. 그게 어쩌면 내가 원하는 삶일지도 모르겠다는 생각이 들었다. 하지만 동시에 이런 중도를 지키는 일이야말로 가장 어려운 일이 아닐까 하는 마음이 스쳤다. 그리고 문득 떠올렸다. 결국 일상을 관리하는 핵심은 감정을 관리하는 것이라는 사실을.

나의 감정 변화가 어김없이 나의 일상에 지대한 영향을 끼치는 것은 자명한 사실이었다. 그렇다면 나의 감정은 어디에서 가장 크게 흔들릴까? 나는 무엇으로부터 가장 많은 영향을 받을까? 이런 질문에 답을 찾아가는 과정은 단순히 어떤 사실을 '알아가는 것'을 넘어 '이해해가는 것'으로 이어지는 중요한 여정이었다. 단순히 부정적인 감정에 빠지지 않으려 애쓰거나, 좋은 기분을 유지하려 애쓰기보다는 스스로 감정의 균형을 잡을 수 있는 힘을 키우는 과정이었다.

사실 사방팔방에서 영향받기 때문에 어디서부터 시작해야 할지 감이 오지 않았다. "이것 때문인가, 저것 때문인가, 아니면 이것저것 때문인가?" 하며 어디서 어떻게 영향을 받는지 곰곰이 생각하며 나름의 기록을 남기고 원인을 추적하는 데 시간을 보냈다. 그런데 생각보다 어떤 영향을 받는지 칼로 무 자르듯 명확히 구분하기가 쉽지 않았다. 어느 정도 영향을 받는지도 정확히 파악하려니 그 과정 자체가 꽤 많은 에너지를 소모했다. 때로는 이런 고민을 할수록 내가 얼마나 예민한 사람인지, 체력이 약한 사람인지, 또 얼마나 속이 좁은 사람인지에만 집중하게 되어 기분이 더 상하기도 했다. 하지만 덕분에 내가 어디에서 긍정적인 에너지를 느끼는지, 또 어떤 순간에 세상이 미워지는지 크게 영향을 받는 포인트를 조금씩 찾아낼 수 있었다.

예를 들어, 나는 아침을 어떻게 보내느냐에 따라 하루 기분이 크게 좌우된다. 갓생을 사는 것까진 아니더라도 여유롭게 아침을 리드해 간다는 기분이 들면 그날 하루를 아침의 기분 그대로 유지하려 스스로 더 노력하게 된다. 반대로, 세상이 나를 등지고 있다고 느낄 때는 대개 호르몬의 영향을 받는 경우가 많았다. 나는 배란기, 생리 전, 생리 중 모두 호르몬의 영향을 크게 받는다. 한 달 4주 중 딱 1주일만 정상이라는 생각이 들 정도이다. 이 점을 인지한 이후로는 세상 탓도, 남 탓도, 내 탓도 하지 않았다. 오로지 내가 더 나아질 수 있는 방향에 초점을 맞추고자 노력했다. 이처럼 어떤 포인트에서 영향받는지 알아가는 과정은 내가 나를 대처하는 데 큰 도움이 되었다.

자신을 대처한다는 말이 조금 우습게 들릴 수도 있다. 나는 나 자신을 가장 사랑하고 아끼는 동시에 가장 상처 주고 아프게 할 수도 있는 존재라고 믿는다. 그래서 나를 대처하는 법은 꽤나 평온한 일상을 만들어가는 데 있어 가장 중요한 치트키일지도 모른다. 하지만 반복되는 일상이나 과거의 경험만으로 감정을 이해하는 데에는 분명한 한계가 있다. 사실 우리는 어떤 사람이나 환경으로부터 구체적으로 어떤 영향을 받는지 정확히 알지 못한다. 그래서 영향받는 원인을 파악하기보다는 그 영향을 받은 후 어떻게 대처할지를 고민하는 것이 더 중요할지도 모른다.

이런 이유로 나의 감정들이 일상에서 어떻게 드러나는지 알아보고 싶었다. 나는 나인데 내 감정을 모를 리가 있겠냐고 생각할 수도 있다. 하지만 사실 우리는 꽤나 자신이 편한 방식으로 스스로를 보호하려 한다. 그러다 보니 어떤 감정을 느끼는지조차 알아차리지 못할 때가 많다. 무엇보다 '괜찮고 싶은' 마음, '괜찮아야만 한다'는 압박감이 자신의 감정을 제대로 느끼지 못하게 만들기도 한다.

나의 감정은 말의 톤과 뉘앙스, 먹는 것, 정리 정돈, 술, 샤워하는 시간 등에서 자주 드러났다. 나는 분명 평소처럼 말했다고 생각했는데도 남편은 "너 왜 말을 그렇게 하냐?"고 물을 때가 있었다. 또 먹고 싶지 않아도 라면을 먹고, 소주를 찾게 되는 순간에는 어김없이 내 마음속에 크고 작은 가시거리가 자리 잡고 있었다. 나는 집 정리를 꽤 중요하게 여기는데 단지 청결 때문만은 아니다. 내 집의 상태가 내 모습의 연장선이라는 생각이 있기 때문이다. 엉망진창 같은 기분이 들 때면 설거지는 쌓여 있고, 음식물이 썩어 냄새가 나고 벌레가 생길 때까지 방치하곤 했다. 무엇보다 이럴 때면 할 수 있는 것보다 할 수 없는 것에 대해 끊임없이 생각하면서 우울에 잡아먹혔다. 결혼 후에는 30분 이상 샤워하는 새로운 습관이 생겼다. 남편에게 내 기분을 들키지 않으려는 나름의 방법이었다. 부정적인 에너지가 남편에게 전염처럼 퍼져 나갈까 봐 일부러 샤워 시간을 늘렸던 것이다.

이런 나의 특정 행동들은 놓칠 수 있는 부정적인 감정을 알아차릴 수 있는 '신호'를 주고 나 자신을 '대처'할 수 있도록 도움을 주었다. 나는 1년이 하루하루의 작은 조각이 쌓여 만들어지듯, 별거 아니라고 넘긴 감정들이 쌓여 일상을 위태롭게 할 수 있다는 것을 안다. 이를 알게 되면, 무엇보다 어떠한 기분, 감정이 드는 것은 '잘못'처럼 느끼지 않게 돼서 좋고, 무조건적인 긍정을 하지 않아도 돼서 좋다. 스스로의 감정과 일상을 컨트롤할 수 있다는 점이 나를 더 단단하게 만든다. 감정 관리가 잘 안돼도 나를 크게 미워하지 않고 그때의 나의 대처법에 대해 생각을 기울이게 된다. 나를 책임진다는 것에 대한 의미 속에는 내 감정도 포함된다는 것을 알게 됐다. 하지만 앞으로도 겪지 못한 수많은 상황과 인간관계로 인해 내 일상과 감정은 요동칠 것이다. 그때마다 또 나의 일상의 균형은 다양한 방식으로 깨질 것이고 또 수습하는 과정 중에 새로운 균형을 찾게 될 것이라 굳게 믿는다.

**"당신의 일상 속 감정은 어떠한가,
그 안에서 당신의 일상은 무탈한가?"**

일상을 벗어나고 싶은 너에게
: 이렇게 살아도 괜찮을까?

세상은 넓고 넓다. 하지만 내 생활은 회사와 집 사이 6정거장, 그 사이의 세상이 전부인 것처럼 느껴질 때가 있다. 시사 뉴스와 트렌드를 애써 챙겨보지 않으면 좁고 짧은 일상에 금세 휩쓸려 버리곤 한다. 일하고, 집안일하고, 주말에 맛있는 음식을 먹다 보면 한 달이 눈 깜짝할 사이에 지나간다. 시간의 빠름이 새삼 무섭게 느껴진다.

분명 할 수 있는 일을 하며 살고 있는데도, 좁디좁은 세상에 갇힌 기분이 들 때면 불안해진다. 더 넓고 다른 세상에서 새로운 나를 만날 수 있을 것 같다는 생각을 하면 지금의 현실이 왠지 초라하게 느껴지곤 한다.

중년의 어른들이 가끔 내게 묻는다.

"뭐 재미있는 일 없니?"

특별할 것 없는 일상 속에서 재미거리를 찾는 눈빛으로 말이다. 재미있는 이야기를 꺼내 들고 떠들고 싶지만 특별히 말할 만한 게 없다. 그렇게 대화는 싱겁게 끝나고, 마음 한구석에서는 생각한다. '내가 노

잼인 걸까? 이렇게 나이가 들면 나는 어떤 모습일까…'

일상을 어떻게 보내야 할지 몰라 방황했던 시절이 있었다. 동료나 친구들에게 "퇴근하면 뭐 해?", "주말엔 뭐 해?", "취미로 뭐 해?"라고 물으며 그들의 일상이 궁금한 적이 있었다. 다들 퇴근 후 쉬거나 공부하거나 취미를 즐긴다고 했지만, 나는 무엇 하나 제대로 선택하지 못했다. 뭔가 해야 할 것 같은 조바심에 억지로 이벤트를 만들고 약속을 잡아보기도 했다. 하지만 그런 조급한 노력은 일상을 더 어수선하게 만들었다.

당장 할 수 있는 것에 집중하자고 다짐했지만, 어느새 나의 시선은 내 일상이 아닌 다른 곳을 향했다. 지금 일상이 싫은 것도 아닌데, 나는 왜 자꾸만 일상에 머물지 못하는 걸까? 이유는 의외로 간단했다. '변화'를 감지하지 못하기 때문이었다. 소소한 일상을 보내든, 목표를 향해 치열하게 살아가든, 시간이 지나면 결국 익숙해진다. 그 익숙함 속에서는 눈에 띄는 '변화'를 찾기가 점점 더 어려워진다.

그렇게 또다시 시선은 자연스럽게 일상에서 벗어나 다른 곳을 향한다. 이는 내가 원하는 모습으로 성장해 가는 과정인 것일까? 반대로 변화하지 않으면 어떻게 되는 것일까? 시대의 흐름이나 나의 목표에 뒤처지게 되는 걸까? 질문은 꼬리를 물고 이어졌고, 그 끝에서 나는 단순한 사실 하나와 마주했다.

내가 애쓰지 않아도 모든 것은 자연스럽게 변한다는 사실이었다.

자극적으로 체감되지 않을 뿐, 시간은 어김없이 흐른다. 가지 않을 것만 같던 겨울도 결국 가고, 봄이 오고야 만다. 늘 똑같아 보이는 일상도 자연스럽게 변한다. 이렇게 생각하니 내 발뿐만 아니라 내 눈, 팔, 온몸이 오늘이라는 현실에 밀착해야겠다고 느껴졌다. 변화는 오히려 변하지 않는 것으로부터 온다는 말이 맞았다.

지금 내가 할 수 있는 것에 온전히 집중하는 일상이 쌓여 결국 변화를 가져온다. 이 당연한 이치를 알게 되자 내 마음이 한결 편해졌다. 성장해야 한다는 나의 의지를 굳건히 하고, 성장할 환경을 만들어야 한다는 압박감 또한 줄어들었다. 좋든 싫든 결국 모든 것은 변한다는 사실이 내 일상에 시선을 둘 수밖에 없도록 만들었기 때문이다.

사실 일상은 고정된 것처럼 보이지만, 끊임없이 변하고 있다. 내가 그 변화를 알아채지 못할 뿐이다. 자세히 들여다보면 크고 작은 배움들이 일상 속에 숨어 있고, 내가 인지하지 못한 감정의 롤러코스터도 존재한다. 그것은 책이나 강의를 통해 얻는 지식적인 배움이 아니라, 생활과 인간관계, 때로는 바보 같은 나의 실수 속에 숨어 있던 배움들이다. 하지만 그런 배움들은 '의식'하고 '발견'하지 않으면 어제도 오늘도 내일도 비슷한 하루의 반복처럼 느껴지는 것도 어쩌면 당연한 일이 아닐까 싶다.

물론, 일상 속에서 새로운 변화를 만들어내는 것은 중요하다. 하지만 단지 불안하거나 지루하다는 이유로 일상을 떠나려는 시도는 결국 일상 속에서의 일탈일 뿐이다. 그것은 새로운 일상을 만들어내지는 못한다. 자극적이고 짜릿한 것들은 일상으로 자리 잡기 어렵고, 설령 잠시 그런 것들에 빠져들더라도, 도파민을 자극하는 새로운 무언가를 계속해서 만들어내는 일은 결코 쉬운 일이 아니기 때문이다. 반복적이고 평범해 보이는 일상이 결국 변화를 만든다. 그리고 이 일상은 내가 원하면 언제든 바꿀 수 있다. 어떤 일상을 보낼지는 스스로의 선택에 달려 있다. 선택한 뒤에는 그 방향에 맞게 바꾸거나 수정해 나갈 수 있다. 변화는 특별한 계기나 이벤트가 찾아와 만들어지는 것이 아니다. 오히려 내가 선택하고 만들어낸 작은 순간들이 특별한 계기가 되고, 그로 인해 새로운 변화를 이끌어내는 것이다.

오늘이라는 일상에 발을 붙이고, 관심을 기울이며, 내가 원하는 모습으로 만들어가는 것. 그것이 현실에 만족하면서도 안주하지 않는 삶이 아닐까?

**"당신의 일상은 어떠한가?
어떤 일상을 만들어가고 있는가."**

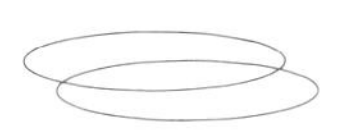

나를 지킨다는 것
: 나를 무엇으로부터 지키는 것일까

나는 겁이 많은 아이였고, 사실 지금도 그렇다. 아무리 작은 일이어도 경험이 없거나 새로운 환경에 가면 공격을 받는다고 느끼곤 했다. 그래서 몸에 항상 힘이 들어가 있고 어깨와 목은 항상 딱딱하고 피곤했다. 예민은 예민을 불러오고, 쌓인 예민은 나를 지켜야 한다는 생각으로 이어졌다.

'나 자신을 지켜야 한다.' 이건 누구나 알고 있는 말이다. 자존감, 자신감을 넘어 생존과도 연결되니 어쩌면 나를 사랑해야 한다는 말보다 더 본능적으로 느껴진다. 그런데 나는 무엇으로부터 나를 지켜야 하는 걸까? 세상? 타인? 가족? 사실, 모든 것에서 나를 지켜야 한다. 하지만 돌이켜보면, 가장 나를 위협하는 존재는 결국 나 자신이었다. 의도하든 의도하지 않았든 자신을 자신으로부터 보호하지 못하고 오히려 학대하는 경우가 많기 때문이다. 세상이, 타인이, 가족이 어떻게 나를 대하는 건 내가 통제하기 어렵다. 하지만 내가 나를 대하는 방식과 태도는 바꿀 수 있다.

20대 내내 나는 나 자신을 사랑하는 방법을 몰랐다. 불안정한 나를 온전히 사랑하지 못했고, 타인의 관심과 사랑으로 그 빈틈을 채우려

했다. 나의 불안함은 나 스스로도 이해하지 못하는 감정과 행동 그리고 이중성이었다. 나를 예뻐하고 좋아하는 마음이 들기엔 스스로가 너무 부족하게 느껴졌다. 사랑받아야 할 존재가 따로 있다고 생각하지 않았지만, 여전히 온전히 나를 좋아하기에는 부족함이 많다고 느꼈다.

스스로 생각하는 어떤 존재가 되어야 한다는 생각이 강했다. 밝고, 건강하고, 일 잘하고, 사람들과 잘 어울리고, 가족들에게 잘하고, 자기 계발도 잘하고, 웃음이 많고, 늘 꾸준히 노력하는 그런 존재 말이다. 실상보다는 보여지는 모습만큼은 그러고 싶었다. 원하는 존재상과 실제 모습과의 괴리가 크다 보니 우울함도 술병의 수도 나날이 늘어만 갔다. 나로부터 나를 지키는 것, 그 시작을 어떻게 해야 할까?

나에게는 자존심만 있었지 자기 중심은 없었다. 무시당하기 싫고, 부족해 보이기 싫고, 약간은 남들이 나를 부러워해줬으면 했다. 말 그대로 찌질한 자존심만 내게 있었다. 이 사실을 직시하고 받아들이는 데 10년의 시간이 걸렸다. 무엇이든 진심으로 '인정'을 하는 데는 자신만의 시간이 필요한 것 같다. 더 빨리 인정했다면 좋았을 거라는 생각은 들지 않았다. 인정을 하기 위해 내게는 10년이라는 시간과 경험이 필요했던 것이다. 그리고 이제는 그만한 시간을 들이지 않아도 더 빠르게 인정을 할 수 있게 됐다. 이 찌질한 자존심을 인정하는 과정 속에서 성장한 것이다. 이 인정을 했다고 해서 갑자기 내가 예뻐 보이고 좋아하는 마음이 들지는 않았다. 다만 이제 '그럼에도 불구하고' 한 번 더 나에게 애정 어린 눈길을 줄 수 있게 되었다. 나의 양면성, 말도 안 된다고 생각되는 실수 등을 나의 한 부분으로 받아들이기 위해서는 신체든 마음이든 코어 근육이 필요하다고 느꼈다. 어떤 모습이든 나의 한 모습으로 받아들이는 과정은 사실 굉장한 에너지가 쓰이는 일이고, 에너지가 없다면 지속하기 어렵기 때문이다.

그렇다면 나의 중심의 정의는 무엇이고 어떻게 만드는 것일까? 나의 중심은 언제든 다시 시작할 수 있는 믿음이다. 의도치 않은 풍파가 와도, 실패해도, 잘못해도 다시 시작할 수 있다는 마음의 태도이다. 나는 이것을 내 인생을 대하는 태도로 정의했다. 이 정의는 나를 나로부터 지켜주는 중심축이 되었다. 이런 태도로 살기 시작하니, 나를 지켜야 한다고 강박적으로 되뇌지 않아도, 긴장하지 않아도 스스로 보호받고 있다는 느낌이 들었다.

자신으로부터 보호받는 이 느낌을 오래도록 가져가고 싶다. 그러기 위해서는 내가 정의한 나의 중심을 남이 아닌 내게 어떤 방식으로든 보여주는 것이 중요하다. 아주 사소한 것이라도 말이다. 예를 들어 매일 아침 1시간 더 일찍 일어나자는 스스로와의 약속을 지키지 못했을 때, 자책하지 않고 다시 하면 된다고 바로 생각하는 것이다. 왜 일어나기 힘들었는지, 좀 더 쉽게 하는 방법은 없는지에 대해서만 생각한다. 그게 내가 나한테 보여주는 자기 중심이라고 생각하기 때문이다. 나의 중심은 정한다고 생기는 것이 아니다. 그것은 아주 얇은 종이 낱장 같은 작은 행동이 쌓여야 비로소 진짜 중심이 만들어진다. 그 중심에서 내가 안심하고 무언가를 심고, 자라게 하는 나만의 '밭'이 만들어진다. 그 안에서 도전하고 실패하면서 밝고 건강하고 웃음 짓는 내 인생이 만들어질 것이다.

"당신은 스스로를 잘 지키고 있는가."

내게 너그러워지는 것
: 나는 나를 어떻게 지키는가

말을 아무리 강하게 하더라도 그 말 자체로는 힘이 없다고 생각했다. 말은 행동이 더해졌을 때 비로소 힘이 생긴다고 믿었다. 그래서 말만으로 강함을 드러내는 사람을 싫어했다. 쉽게 말해, 행동 없는 나불거림은 참 구차하다고 생각했다. 그 잣대는 나에게도 그대로 적용했다. 나의 자신감과 나에 대한 타인의 신뢰는 '행동'에서 온다고 믿었다. 단 한 번의 행동이 한마디 말보다 많은 것을 의미하기 때문이다.

이런 생각은 주변 관계에도 영향을 미쳤다. 무엇이든 실천에 옮기지 않으면 병난 것처럼 행동하는 나의 엄격함은 주변 사람들로 하여금 "그래, 너 대단하다. 근데 나는 그렇게 못 살아."라는 반응을 이끌어냈다. 서로 다른 가치관이라 여기면서도, 왠지 모르게 씁쓸한 마음이 들었다. 사실 내면 깊숙이 이런 내 자신이 버겁다고 느꼈기 때문일까, 부지런히 움직이는 것에서 뿌듯함보다는 답답함을 더 자주 느꼈다. 나는 왜 이렇게 '행동'을 강조하는 걸까? 그러다 '행동하지 않는 자신을 나는 어떻게 바라볼까?'라는 질문을 내게 던졌다.

먼저 한심하다는 생각이 치고 올라왔다. 아무것도 하지 않으면 아무 일도 생기지 않기에 나는 바삐 움직여야 했다. 한 번의 생각보다 한 번의 행동이, 그 경험이 나의 인생을 더 풍성하고 단단하게 만드는 일이라고 느꼈다. 실제로 무엇이든 행동으로 먼저 옮겨보는 습관은 부정적인 생각을 줄이고 지금 하는 일에 집중하게 했다. 무언가를 한다는 것은 스스로를 생산적인 사람이라고 느끼게 했다. 아웃풋이 어떻게 나올지는 모르지만, 부지런히 '인풋'을 넣었다. 불이 꺼지지 않도록 여러 방식으로 장작을 구해 계속 넣는 것과 같았다.

한 번뿐인 인생을 위해 움직이고 도전했지만 불안함은 계속됐다. 그렇다고 행동하지 않는 나를 상상할 수는 없었다. 그게 나의 유일한 버팀목이자 나를 지켜준다고 느꼈기 때문이다. 내가 나 스스로에게 기댈 수 있었던 건, 쉬어가더라도 포기하지 않고 계속 행동하는 모습이었다. 그래서 그게 없어지면 나 자신에게 더는 기대지 못할 것만 같았다. 나 자신에게 기대지 못하면 타인에게 기대고, 결국 의존적인 삶을 살게 된다고 생각했다. 여기까지 생각이 미치자, 나는 '의존적인 삶'이 두려워 '행동'이라는 이름으로 나를 몰아세우고 있음을 깨달았다.

의식하지 못했지만 나의 마음속에는 이미 '멋진 어른'의 정의가 있었다. 자기 중심이 있고, 독립적이며, 자신의 문제와 감정을 스스로 해결할 수 있는 힘이 있는 어른 말이다. 자세히 살펴보니 강하고 성숙한 어른처럼 보이지만, 상처받기 싫어하는 어른의 모습도 보였다. 흔들리고 싶지 않고, 남에게 기대기 싫고, 내 문제와 감정으로 약점 잡히기 싫어하는 모습이었다. 이 모습을 들키기 싫어서 허울뿐인 말뿐인 사람이 아니라고, 나는 단단하다는 것을 자신에게도 타인에게도 보여주려고 했다.

이렇게 생각하니 몸도 마음도 늘 타이트했다. 그 누구도 나를 무너뜨리지 않는데도 혼자 무너질까 봐 노심초사하는 모습이었다. 주변을 보면 왠지 모르게 자기 자신과의 관계가 편안해 보이는 사람들이 있다. 일반화하기는 어렵지만, 그런 사람들은 필요한 부분에서는 의견을 관철시키기도 하고, 경청하며 생각을 바꾸기도 하고, 자연스럽게 남에게 부탁하기도 했다. 또 먼저 애써 다가가지 않아도 언제나 사람들에게 열려 있고, 타인의 영향을 두려워하지 않는 것처럼 보였다. 그 모습은 바람에 흔들리면서도 중심을 잃지 않는 갈대와 같았다. 온몸에 힘을 주고 살아온 나와 달리, 그들은 느긋하면서도 성숙한 어른 같았다. 그리고 그 모습이 내가 된다면 어떨까 상상해보았다. 그러자 내가 무엇을 잘하고 있는지, 무엇을 애쓰고 있는지, 앞으로 무엇을 더 잘할 수 있는지, 그럼에도 여전히 무엇이 두려운지 그려볼 수 있게 됐다.

의존적인 삶을 두려워하는 내게 어쩌면 타인과의 소통, 의지, 유대 관계가 더 필요할지도 모른다. 그러나 무엇보다 내게 필요한 것은 '내 자신에게 너그러워지고자 하는 마음'이라고 느꼈다. 이제는 다양한 방식으로 나와 소통하며 나와의 관계에 공간을 주는 일이 필요했다. 말은 힘이 없다고 무시했지만, 스스로에게 다정한 말을 건네거나, 행동하기 싫은 내 마음을 들어주거나, 누군가에게 이런 마음을 털어놓는 방식도 분명 나를 지키는 일이다. 사람은 본인이 믿는 '보호하는 방식', '성장하는 방식'으로 자신을 지키려고 한다. 그 방식을 벗어난 삶을 살아본 적도, 상상해본 적도 없기 때문이다. 나 역시 그렇다. 하지만 나는 나를 지키려는 방식 속에서 나의 두려움을 보았고, 무엇이 내게 필요한지 알게 되었다. 멋진 어른이 되려고 애쓰는 자신을 기특해하고, 또 애틋하게 바라보며 오늘도 내게 한 번 더 너그러워지려 한다.

"당신은 당신을 어떻게 지키고 있는가?"

목표, 의지, 노력만으로 안 되는 이유
: 무엇이 가장 나를 막을까?

자신이 어떤 사람인지 알고자 하는 것에 비해 자신의 몸에 대해 알려고 하는 사람은 얼마나 있을까? 옷발이 잘 받는 아름답고 멋진 몸매를 만드는 것 외에 '나의 몸'에 대해 얼마나 알고 있을까? 아플 때만 챙기는 몸 이야기가 아니라, 있는 그대로의 몸에 대한 관심과 이해에 대해 이야기하고 싶다.

우리는 자기소개를 MBTI로 하는 시대에 살고 있다. 그만큼 나의 성격, 가치관, 특징 등 자신에 대해 넓고 깊게 이해하는 데 많은 관심과 노력을 기울이고 있다는 뜻이다. 하지만 나의 생각, 성향에 대한 관심은 높지만 상대적으로 나의 몸의 특성을 알려고 하는 경우는 적다. 나의 몸은 어떤 특성을 가졌는지, 어떤 것에 강하고 약한지보다는 나는 E 성향이 몇 퍼센트인지, F인지 T인지에 대해 알고 싶어한다.

나는 성격, 그리고 더 나아가 나의 가치관까지도 결국 신체의 성향과 특징에 따라 결정된다고 생각한다. 간절히 원하는 목표도, 눈물 나는 노력에 대한 의지도 결국 '체력'에 의해 좌절되는 경우가 많다. 체력이 약하다는 것이 단순히 근육과 지구력이 부족함을 의미하지 않는다. 이는 나의 몸 사용법을 몰라서인 경우도 크다. 나는 내 몸의 사용법을 몰랐기에 잘못된 목표를 세웠고, 약한 의지와 부족한 노력을 탓했다.

이는 나약한 정신력을 탓하는 것을 넘어 주어진 기회를 잡지 못하게도 했으며, 기회를 잡더라도 금세 지쳐 또다시 나를 탓하는 악순환으로 이어졌다. 이런 악순환은 컨디션을 더 악화시켰고, 악순환의 뫼비우스의 띠를 끝없이 돌게 했다. 늘 우울했고 자존감은 바닥을 기었다.

무엇이 문제였을까? 생각해 보면 건강을 챙기지 않아서가 아니었다. 요가, 헬스, 폴댄스, 크로스핏 등 종목을 바꿔도 운동을 놓지 않았고, 삼시 세끼에 야채를 챙겨 먹으려 애썼고, 영양제는 당연히 챙겨 먹었다. 좋은 잠이 만병통치약이라는 말에 수면 시간과 환경까지 철저히 관리하려고 했다. 오히려 나는 '지나치다'라는 말을 들을 정도로 건강을 챙겼기에, 더 이상 무엇을 해야 할지 고민하다가 문득 이런 생각이 들었다.

"내 몸에도 고유의 인격이 있다면 어떨까?"

사람들이 자신의 성향을 알고 싶어 하는 이유는 자신의 행동을 이해하고 스트레스를 관리하기 위해서다. 그렇다면 몸에도 인격이 있다고 가정하면 어떨까? 몸의 필요를 알아내면 나를 더 잘 관리할 수 있지 않을까 하는 생각이 들었다.

새로운 친구나 동료를 알아갈 때처럼 내 몸에게 물어보았다. 언제 가장 편안한지, 요즘 무엇이 가장 필요한지, 신체 어느 부위가 가장 신경 쓰이는지, 어떤 부분이 가장 자신 있는지, 어떤 계절을 좋아하는지 등이다. 머리가 아닌 몸의 관점에서 답하다 보니 예상치 못한 답도 나왔다. 어떤 부분이 신경 쓰이냐는 질문에 머리는 승모근과 표정을 떠올렸지만, 몸의 대답은 '눈의 건조함'과 '더부룩한 장'이었다.

어떤 계절을 좋아하냐는 질문도 답이 달랐다. 손발이 차서 겨울이 가장 힘들다고 생각했지만, 몸은 여름이 더 어렵다고 말했다. 에어컨 때문에 온도 조절이 겨울보다 여름이 더 힘들었던 것이다.

머리가 말하는 것도, 몸이 말하는 것도 모두 맞는 말이었다. 하지만 몸의 관점에서 답을 찾다 보니 나의 컨디션에 직접적인 영향을 주는 것들이 보이기 시작했다. 컨디션이 좋든 나쁘든 변화가 생기면, 그날 내가 몸에게 무엇을 했는지 몸의 관점에서 돌아보게 되었다.

산뜻한 기분이 들 때면 전날의 식사와 수면 시간을 떠올리며 몸의 반응을 관찰했다. 반대로 이유 없이 우울해질 때면, 먼저 몸의 어느 부분이 불편한지 살폈다. 그리고 그 불편함이 우울한 기분의 주된 이유가 아니더라도, 가장 먼저 그 부분부터 편안하게 해주고자 했다.
이런 관점과 행동의 변화는 모두 나의 몸을 이해하려고 질문하는 과정에서 시작되었다.
나의 예민하고 날카로운 성격들은 사실 위와 장의 작은 불편함에서 비롯된 것이기도 했다. 예민함과 섬세함이 함께 나타나는 나의 성향 뒤에는, 늘 몸의 상태가 자리하고 있었다. 몸의 관점에서 필요한 것들을 찾고 행동으로 옮기면서 위와 장이 편안해지자, 주변에서 "여유 있어 보인다"는 이야기도 듣게 됐다.

나의 성격과 성향이 꽤나 몸에서 기인한다는 것을 깨달은 순간이었다. 이걸 알고 나니 무조건 나의 의지와 노력을 탓하는 일을 멈출 수 있었다. 내 몸에 대한 이해가 부족해서, 필요한 것을 채워주지 못해서 의지와 노력이 이어질 연료가 부족했을 수도 있기 때문이다.

이제는 스스로에게 '원하는 나'가 되라고 무조건 요구하고 바라기 전에, 내게 지금 충분한 에너지가 있는지 물을 수 있게 되었다. 오늘도 더 오래, 더 멀리 나아가기 위해, 그 일을 해내는 나의 몸에게 "괜찮은지.", "도와줄 것이 있는지." 묻는다. 결국 자기 이해의 끝에는 '몸'이 있지 않을까 하는 생각을 해본다.

**"당신의 몸은 당신의 욕망을 지켜주는가,
아니면 욕망을 포기하게 만드는가."**

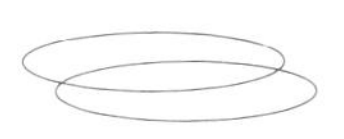

지금 보이는 그것이 당신이다.
: 보이는 게 정말 다가 아닐까?

'보이는 것이 전부다.'라는 말을 들었을 때 어떠한가. 수긍이 되는가, 아니면 그건 아니지 싶은가.

나는 보이는 게 전부가 아니라고 생각했던 사람 중 하나였다. 보이는 것보다 보이지 않는 것들이 나를 더 대변해 줄 수 있다고 믿었다. 나의 소비는 옷이나 화장품보다는 수건, 베개, 디퓨저, 영양제 등 나만 아는 개인 생활 영역에 집중되어 있었다. 남들이 나를 바라보는 시선보다 내가 나를 바라보는 시선이 더 중요했다.

좋게 말하면 자기 중심이 잡혀 있다고 볼 수 있고, 안 좋게 말하면 자기중심적이라고 볼 수 있다. 과거에는 외모에 많은 신경을 썼지만, 어느 순간부터는 그것보다 더 중요하다고 느끼는 것들이 생겼다. 그러다 보니 상·하의 색 조합은커녕 그저 손에 잡히는 대로 옷을 입고 다니기 시작했다.

이 변화에 특별한 계기가 있었던 것 같지는 않다. 사회생활에 치이다 보니 자연스럽게 신경 쓰지 않게 되었다. 정신없는 회사 생활 속에서 누가 어떤 옷을 입었는지, 어떤 스타일인지 생각할 겨를도 관심도 생기지 않았다. 그래서인지 나도 남한테 관심이 없으니, 남도 내게 관심이 없다고 단정 지었다. 그리고 남이 나를 어떻게 생각하는지 고민하는 것 자체가 귀찮았다. 나도 내 생각을 정리하는 것만으로도 버거운데 남의 생각까지 헤아리는 것은 힘든 일이었다.

이런 생각은 '보여지는 것을 신경 쓰는 일은 남의 시선에 맞춰 사는 것'이라는 결론으로 흘러갔다. 거기서 더 나아가 편한 게 최고라며, 나를 불편하게 만드는 것은 모두 잘못된 것처럼 행동했다. 그 결과 집은 늘 엉망이었다. 옷 하나 찾으려면 옷더미를 헤집는 건 기본이었고, 집 안은 점점 관리되지 않은 상태로 변했다. 그저 하루하루를 버티며 사는 게 버거워 신경 쓰는 것을 줄이자고 시작한 일이었는데, 그 정도가 지나쳐 버렸다. 결국 나는 스스로에게 물었다. '나는 정말 스트레스를 덜 주기 위해 이렇게까지 한 걸까?'

곰곰이 생각해 보니 그저 남의 시선을 신경 쓰기 싫었던 것이 아니라, 보여지는 것으로 판단받고 싶지 않았던 나 자신을 발견했다. 사실 나도 타인의 외모와 외적인 것들에 영향을 받으면서, 나는 그러한 영향을 받기 싫다는 모순적인 마음을 가지고 있었다. 타인의 옷차림, 말투, 작은 행동을 의식하지 않아도 순식간에 관찰하고, 어떤 사람일지 판단하며 혼자 거리를 두거나 가까워지곤 했다. 그 선판단은 맞고 틀림을 떠나 내게 커다란 영향을 주었다. 이는 나를 지켜주기도 했지만 동시에 나를 제한하는 울타리가 되었다.

이런 생각이 반작용을 일으켜 오히려 내가 보여지는 모습을 신경 쓰지 않게 만들었던 것이다. 그 두려움은 나를 '관리하지 않는 사람'으로 변화시켰고, 거울 속 내 모습을 보기 싫게 만들었다. 보여지지 않는 부분이 더 중요하다는 생각은 결국 내 외적인 모습도 소홀히 하게 만들었다. 그러나 막상 거울 속 나는 참 못나 보였다. 표정은 어둡고, 자세는 구부정하며, 피부는 칙칙했다.

거울 속 보이는 내 모습은 정말 지금의 나와 상관없는 걸까? 이 질문에는 쉽게 대답할 수 없었다. 거울 속 내 모습을 한참 바라보다가 방 안을 둘러보았다. 방의 상태는 내 얼굴의 표정을 그대로 반영하고 있었다. 옷장에는 편한 옷들만 가득했고, 같은 물건을 여러 개 중복으로 구매한 흔적도 있었다. 내가 가진 물건들을 보며, 그것들을 대하는 나의 태도가 곧 나를 대하는 태도를 반영하고 있음을 느꼈다.

이제야 비로소, 겉모습으로 판단받기 싫다는 두려움과 내 물건과 환경을 대하는 태도를 혼동해 왔다는 걸 깨달았다. 이런 생각이 들자 나의 몸은 저절로 샤워실로 향했다. 긴 샤워를 마치고 얼굴에 팩을 붙인 채 집안을 정리하기 시작했다. 쌓인 묵은 짐과 정리 습관을 바로잡는 데 1년이 걸렸다. 그 과정에서 나는 나를 대하는 태도를 내 눈으로 '보이게' 하려고 부단히 노력했다. 그 시작은 정말 작았다. 집에 돌아오면 옷을 옷걸이에 거는 일, 손을 씻는 일 등이었다. 거울을 자주 보며 내 표정을 살피고 지금 내게 어떤 변화가 필요한지 짧게라도 생각했다.

나의 변화는 다른 사람들도 알아챌 정도로 성장했다. 나의 마음과 태도가 외적으로도 드러나기 시작한 것이다. 남이 나를 선판단하는

것에 두려움을 느끼기보다는 내가 나 스스로에게 당당한지, 나 자신
에게 제한을 두고 있지는 않은지 돌아보게 되었다. 그 시작은 옷을 옷
걸이에 거는 아주 작은 변화에서부터였다.

돌이켜보면 극도로 싫어하거나 관심을 두지 않으려는 것에는 자신의
두려움과 상처가 숨어 있다. 나는 그 두려움과 상처를 꼭 극복하거나
해결해야 한다고 생각하지 않는다. 다만 그것이 무엇인지, 그리고 그
상처를 주는 주체가 무엇인지를 확인할 필요는 있다고 믿는다. 모두가
각자의 인생 타임라인에서 그 상처를 마주하고 보살펴줄 순간이 있다.
나에게는 그 순간이 칙칙한 눈빛을 거울 속에서 마주한 순간이었다.

이 글을 보고 있다면 지금 바로 거울 속 자신의 얼굴을 찬찬히 바라
봐 보자. 내 눈빛은 어떤지, 표정은 어떤지 말이다. 그 얼굴의 모습이
순간적으로는 당신의 전부일 수 있지만 동시에 아닐 수도 있다. 하지
만 부정하지 말자. 어떤 모습이든 그 보이는 모습이 지금의 나라는 사
실은 변하지 않는다. 그 어떤 것도 나를 100% 대변할 수는 없지만, 나
의 물건과 관계, 환경은 모두 나의 일부분이다. 모든 사람은 자신이 어
떤 조각들로 이루어진 사람인지 계속 발견해 가는 중이니까.

나를 포함한 내 주변의 것들이 나의 조각이며, 그 조각들을 대하는
태도가 결국 나를 만들어 간다고 믿는다.

"지금 보이는 것이 당신이다.
이 말이 당신에게는 어떤 생각과 감정을 불러일으키는가?"

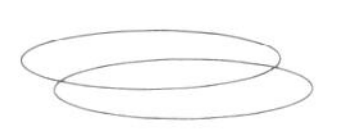

단순해지려 할수록 복잡해지는 이유
: 단순하게 사는 건 뭘까?

인생은 '개처럼 살아야 하는구나'라는 생각을 처음 하게 된 건 밀란 쿤데라의 『참을 수 없는 존재의 가벼움』을 읽고 나서였다. 니체의 '영원 회귀'라는 개념을 주인공의 강아지 '카레닌'을 통해 보여주는 이 작품은, 내게 단순함과 행복에 대한 새로운 시각을 열어주었다.

영원 회귀란 지금 이 순간이 똑같이 반복되는 삶, 무한히 이어지는 생(生)을 뜻한다. 인생의 허무를 극복하기 위한 철학적 사상으로, 현재의 행복을 강조한다. 카레닌은 매일 아침 잠에서 깰 때마다 새롭게 주어진 삶의 기쁨에 흠뻑 젖는다. 주인에게 달려가 빙글빙글 돌며 짖고, 안아달라는 듯 환희를 표현한다. 그런 카레닌을 보며 생각했다. "극단적인 긍정주의와 영원 회귀 사상을 가장 잘 보여주는 존재는 어쩌면 '개'가 아닐까?"

사실 영원 회귀가 정말로 작동하는지는 죽어봐야 알 수 있다. 하지만 중요한 건 지금 이 순간을 단순하게 보고 느끼는 일이다. 그래야 유한한 인생 속에서도 허무에 빠지지 않을 수 있다. 문제는 아무리 맞는 말이라도, 막상 삶에 적용하기는 쉽지 않다는 점이다. 단순하게 살겠다는 결심은 오히려 더 많은 질문을 낳고, 생각을 복잡하게 만든다.

단순하게 살겠다고 마음먹은 뒤, 나는 우선 집 정리를 시작했다. 단순하게 살려면 짐부터 줄여야 한다고 생각했기 때문이다. 다이소에 가서 정리함과 청소 도구를 사고, 하루 종일 물건을 분류하며 정리함에 넣었다 뺐다를 반복했다. 그렇게 하루를 보내고 나니 결국 몸살이 찾아왔다.

하지만 여기서 멈추지 않았다. 정리해야 한다는 생각에 사로잡혀 방 안의 물건부터 생활 습관, 심지어 인간관계까지 하나씩 정리하려고 했다. 단순한 삶을 위한 시작이었지만 어느새 내 일상은 통제된 일상이 되어 있었다. 아직 단순하게 사는 게 익숙하지 않은 이유도 있겠지만, 가장 큰 문제는 이런 통제된 일상이 행복하지 않고 짐처럼 느껴졌다는 점이었다. 그래서 다시 내게 물어야 했다. 나에게 단순한 삶은 무엇이고, 왜 그렇게 살고 싶은지 말이다.

단순히 '행복해지고 싶어서'라는 추상적인 이유보다 구체적이고 명료한 답이 필요했다.

"나에게 단순한 삶이란 대체 무엇일까?"

이에 대한 답은 모두 제각각일 것이다. 나에게 단순한 삶은 '평온한 삶'이다. 평온한 삶은 내게 안정감을 준다.

여기까지 정리하자 다시 내게 물었다.

"그 평온함 속에서 나는 무엇을 하고 있을까?"

이 질문에 답하려니, 내가 아무 생각 없이 온전히 몰입하고 있는 모습이 떠올랐다.

"그래, 나에게 행복은 몰입이구나. 이것이 내가 단순하게 살고 싶었던 이유구나."

그 순간 머릿속이 맑아졌고, 가슴은 두근거리기 시작했다. 막연히 '행복해지고 싶다'는 추상적 이유에서 벗어나 나만의 구체적인 답을 찾은 기분이었다.

몰입을 위한 환경을 만드는 것이 단순한 삶의 첫 단계라는 걸 깨달았다. 청소와 정리를 시작점으로 삼았지만, 이제는 몰입을 방해하는 요소를 하나씩 제거해 나가기로 했다. 언제 몰입이 잘 되는지, 무엇에 몰입하고 싶은지, 이를 위해 시간을 어떻게 쓰고 있는지 질문하며 답을 찾아갔다. 그 과정은 더 이상 짐처럼 느껴지지 않았다. 오히려 내가 살아 있음을 느끼게 해주었다. 강아지 카레닌이 매일 아침 새로운 삶의 기쁨을 만끽하듯, 나 역시 내 삶을 진정으로 살아가고 있다는 확신이 들었다.

물론 아직도 단순해지려 할수록 복잡해지는 일들이 많다. 하지만 이제는 괜찮다. 복잡해진다는 건 내가 다양한 시도를 하고 있다는 증거이기 때문이다. 그 과정 속에서 나만의 단순함을 찾아가는 중이다.

단순하게, 지금 이 순간에 행복해야 한다는 막연한 과제로부터 자유
로워진 기분이다.

"당신에게 단순한 삶이란 무엇인가.
그 단순함 속에서 당신은 무엇을 하고 있는가?"

변하기 힘든 사소한 일에 대하여

: 내가 가볍게 여긴 건 무엇일까

사람은 고쳐 쓸 수 없다는 말에 얼마나 공감하는가.

오직 나만이 나를 바꿀 수 있다는 이 말에는 또 얼마나 공감하는가.

사람은 고쳐 쓸 수 없지만 나는 나를 바꿀 수 있다? 두 문장 모두 일리가 있지만, '변화'라는 건 결코 쉬운 일이 아니다. 기본적인 기질, 성격, 성향 등이 타고나거나 오랜 시간 고착화된 경우가 많기 때문이다. 각고의 노력 끝에 자신을 변화시킨 사람들이 '뼈를 깎는 노력'이라는 표현을 사용하는 이유를 이해할 수 있다.

나에게도 변화하기 힘든 일들이 있다. 그 일들은 대부분 철인 3종 경기처럼 큰 결심과 의지가 필요한 일이 아니라, 오히려 사소하고 일상에 가까운 것들이다. 예를 들어, 과식하지 않기, 물건 잘 챙기기, 설거지 깨끗이 하기, 야채 챙겨 먹기 같은 것들 말이다. 이런 것들은 대단한 노력보다는 약간의 의지만 있으면 해결될 법한 일들이지만, 나는 늘 실패한다. 메모를 습관화하려 하지만 번번이 실패하곤 한다. 식탐 때문에 위보다 항상 많이 먹어 소화제를 달고 산다. 설거지를 했다가도 다시 설거지를 하는 비효율적인 행동을 반복하기도 한다.

생각해 보면 이런 불편은 일상에 작은 지장을 줄 뿐, 크게 문제를 일으키지는 않는다. 그래서인지 '사소한 문제'로 치부하며 고치지 않고 넘어간다. 하지만 새해 계획을 세우거나 회고의 시간을 가지면, 이 작은 문제들은 늘 목록에 오른다. 그럼에도 나는 더 큰 목표나 새롭고 재미있어 보이는 일들에 눈길을 돌리고 만다. 그렇게 사소한 불편들은 늘 같은 자리를 지키고 있다.

어느 날 회고의 시간에 문득 이 작은 불편들이 일으키는 나비효과에 대해 생각해 보게 되었다. 내가 제한된 시간과 돈을 어디에, 어떻게 쓰고 있는지 점검하면서, 이 작은 불편들이 사실은 꽤 큰 영향을 미친다는 걸 알게 되었다. 불편한 위와 장은 나를 화장실로 자주 불러냈고, 더부룩한 배는 식사 후 집중력을 떨어뜨렸다. 이를 해결하려고 영양제와 소화제에 쓰는 비용도 만만치 않았다. 깜빡한 물건을 찾으러 가는 시간, 설거지를 다시 하는 시간 또한 마찬가지였다.

그동안 나는 '무엇을 배우고, 성장할까'에만 집중했고, 그것을 방해하는 요소들을 간과했다.

'금 같은 시간'을 나를 위해 잘 써야 한다고 믿으면서도, 작은 불편들이 그 시간을 얼마나 망치고 있었는지 깨닫자 더 이상 사소한 문제가 아니게 되었다. 무엇보다 이런 사소해 보이는 것들이 사실은 가장 기본적인 것이며, 동시에 가장 개선하기 어려운 것임을 깨달았다. '나라는 사람의 기본'은 사실 일상 속 의식주를 보면 드러난다. 내가 어떻게 먹고, 어떻게 생활하고, 어떤 태도로 물건과 시간을 대하는지 말이다.

내가 가볍게 여겼던 습관들을 되돌아보니, 그것들이 나의 시간을 어떻게 소비시키고 있었는지, 나라는 사람의 기본을 어떻게 드러내는지를 알게 되었다.

예를 들어, 나는 물건의 가격과 상관없이 그것을 소중히 다루려 한다. 물건을 대하는 나의 태도가 곧 나 자신을 대하는 태도와 연결된다고 믿기 때문이다. 하지만 급한 성격 탓에 형성되지 않은 습관들도 있다. 대표적으로 식습관과 물건을 자주 깜빡하는 문제들이다. 내가 생각하는 생활의 기본기 중 하나는 시간을 내가 주도적으로 사용하는 것이다. 하지만 급한 행동 때문에 많은 시간과 에너지가 낭비되곤 했다.

사람마다 기본기에 대한 생각은 다르겠지만, 기본기가 잘 잡힌 사람은 일상의 중심을 잃지 않는 것 같다. 그것은 워라밸 같은 개념이 아니라, 자신의 일상을 자신답게, 원하는 모습대로 가꿔 가는 것이다. 나는 이런 관점에서 내 일상의 중심을 잡기 위한 기본기가 부족하다고 느꼈다. 결국 변화하지 못했던 이유는 단지 그것을 사소하다고 여긴 나의 인식 때문이었다. 그리고 별것 아니기에 쉽게 고칠 수 있을 거라는 안일한 생각이 결국 실질적인 변화로 이어지지 못했던 것이다.

이제 나는 이렇게 생각한다. 변화하고 싶다면, 성장하고 싶다면 나의 기본기를 돌아보는 것부터 시작해야 한다. 모든 것은 사소한 것에서 출발하고, 그 사소한 태도들이 모여 나의 가치를 만든다고 오늘도 굳게 다짐해 본다.

"당신의 일상에서 발목을 잡는 것은 무엇인가?
그것을 평소 어떻게 바라보고 있는가."

"당신의 일상에서 발목을 잡는 것은 무엇인가?
그것을 평소 어떻게 바라보고 있는가."

Part.2

나의 중심

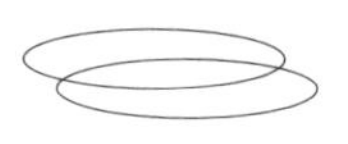

도대체 기본이 뭐길래
: 학씨! 내 기본은 내가 정한다

'기본'이라는 단어를 언제 처음 들어 보았는가? 나는 웃프게도 수학 기본기가 안 되어 있다는 말로 처음 들었다. 도대체 기본은 뭘까?

우리는 살아가며 힘들 때 "다시 처음부터 시작하자, 다시 초심으로"라는 말을 하곤 한다. 그런데 도대체 '처음'은 어디인 것일까? 그냥 다짐하는 말뿐인 걸까? 내가 지나치게 의식하고 있는 걸까? 이런 생각은 뭣도 모르던 내가 미국인과 스타트업을 하게 되면서 더 강해졌다.

젊은 패기와 '밑져도 경험만은 남는다'는 생각으로 시작했다. 하지만 부족함은 계속 느껴졌고, 남과의 비교는 멈출 수 없었다. 내가 잘 나아가고 있는지조차 확인할 수 없다는 불안 속에서, 하루하루를 말 그대로 너덜너덜 살았다. 앞서 말한 것처럼 "처음부터 다시 시작하자.", "하나하나씩 다시 쌓아 가자."라고 나를 붙잡아 보지만 도대체 처음이 어디인지, 내가 다시 시작해야 할 점이 어딘지 알 수 없었다. 그야말로 나는 누구인가, 나는 어디인가라는 뫼비우스의 띠 같은 생각이 돌고 돌았다.

사회 초년생이 겪는 당연한 과정이자 성장통이라고 생각하고 싶지만 10년 차가 된 지금도 여전한 성장통을 겪고 있으며, 나는 누구인지, 나는 어디로 가는지에 대한 같은 질문을 던지고 있다. 다만 예전처럼 불안해 미칠 것 같은 뫼비우스의 띠가 아니라, 지금은 내가 원하는 삶, 원하는 나로 가는 길인지 확인하는 질문으로 바뀌었다.

돌이켜 보면 삶이 내게 던져 준 질문은 늘 같았다. 그 질문은 언제나 '나는 누구고, 무엇을 원하는지, 그걸 원하는 나는 어떤 사람인지'에 대한 질문이었다. 태어나고 싶어서 태어난 것이 아니기에 이런 질문을 하는 것 자체가 참 어렵게 느껴졌다.

문제는 피한다고 해서 피해지는 게 아니라는 것이다. 만약 그게 가능했다면 나도 열심히, 요령 있게 피해 다니며 살았을 것이다. 그런데 나는 요리조리 도망다니기 위해 이 삶을 살아가는 걸까? 그렇게 하기 위해 이렇게 열심히 살고 있는 걸까? '아니'라는 대답은 단숨에 나오지만, 그 질문에 답할 수 없는 내가 답답했고, 그 답을 모른다는 사실이 나 자신을 한심하게 만들었다. 무엇을 어떻게 해야 하는지 누가 짚어 준다면 그저 따라가기만 하고 싶은 마음이 절실했다.

그래서 다른 사람들의 인생을 카피해 봤다. TV에서도, 내 주변에서도, 책에서도 말이다. 이를 통해 삶을 살아가는 다양한 태도와 방법들을 알게 됐지만, 공통적인 것은 그들은 모두 자신만의 '기준'을 바탕으로 기본이 있었다는 점이다.

살아가면서 다시 시작하고 싶을 때, 힘들 때, 잘 살고 있음을 확인받고 싶을 때, 세상으로부터 나를 보호하고 싶을 때, 언제든 돌아갈 자신만의 '기본'이 있었다는 점이다. 그리고 그 기본이 있는 사람들은 말을 하지 않아도 자신만의 '아우라'를 내며, 의도하지 않아도 사람들의 시선과 관심을 끌었다. 그들의 품위가 흘러나온 것이다. 부러웠고, 나도 이런 '품격 있고 우아한 사람'이 되고 싶다는 강렬한 욕망이 들었다. 하지만 이 모든 건 한순간에 될 수 있는 것도, 순간적으로 보이는 모습만으로 될 수 있는 것도 아니었다. 그건 자신을 치열하게 알아가며 수없이 시도하고 실패한 끝에 만들어진 것이었다.

이 글은 '나의 기본기'를 만들어 가는 과정을 담은 여정기에 가깝다. 도대체 기본이라는 것이 무엇이고, 더 나아가 나의 기본기가 무엇인지, 그 기본기는 어떻게 만들어 가는지, 그 기본기를 가진 나는 어떤 삶을 사는지, 마지막으로 그런 삶을 사는 나는 어떤 사람인지를 발견해 가는 과정의 글이 될 것이다.

내게 기본기란, 내가 나일 수 있도록 하는 근거이자, 나아갈 수 있도록 돕는 지지대다. 기쁜 소식은 여러분도 언제든 자신만의 기본기를 만들 수 있다는 것이다. 남이 세운 기준의 땅에서 사는 것이 아니라, 원하는 내 인생이 자라는 자신만의 기본의 땅을 단단하게 만드는 것이다. 만약 내가 만든 그 땅 위에 우뚝 설 수 있다면 어떤 인생이 나를 기다리고 있을지 궁금하지 않은가?

"애타게 나를 기다리고 있는 미래의 나를 위해 나의 기본기를 찾는 여정을 함께해 보자."

나의 기본을 만든다는 것
: 비빌 언덕을 만드는 게 아닐까

언제부터였을까. '그래서 어쩌라고'라는 정신이 내 안에 생겼다. 가끔은 격해져서 그 뒤에 욕이 붙기도 했다. 그러면서 남이 나를 어떻게 생각하는지보다, 내가 나를 어떤 태도로 대하고 있는지에 시선이 옮겨갔다.

그렇게 남의 시선이 아닌 내 쪽으로 고개를 돌리기 시작하면서, 나는 알게 됐다.
흔들려도 다시 돌아올 수 있는 나만의 중심이 필요하다는 것을. 그리고 그 중심에는 나만의 기본기가 있었다.

스무 살이 되었을 때는 '이제 어른이 됐으니까', 스물한 살은 '더 이상 스무 살이 아니니까', 스물두 살은 '벌써 3학년이니까', 스물세 살은 '취업 준비를 해야 하니까', 스물네 살은 '대학까지 걱정 없이 보내준 부모님께 잘 자랐다는 걸 보여드려야 하니까'. 이런 말들이 매년 나의 다이어리에 빼곡했다. 누구도 내게 살얼음판 걷듯 한 해를 보내라고 요구하지 않았지만, 나는 그렇게 시간을 자처해 보냈다.

어렸으니까. 사회가 무서웠으니까. 그럴 수 있다고 생각했다. 하지만 시간이 지날수록 안심은커녕 불안만 커졌다. 누구를 만나느냐에 따라 나의 생각은 옳고 그름이 매번 달라졌다. 누구에겐 철없어 보이기도, 또 누구에겐 성숙해 보이기도 했다. 그때마다 자신감이 솟았다가 주저앉고, 나 자신을 사랑했다가도 금세 미워했다. 그렇게 하루에도 몇 번씩 내 자신이 출렁거렸다.

김난도 작가의 『천 번을 흔들려야 어른이 된다』라는 책도 있지만, 나는 어른이 되고 싶었던 게 아니다. 나는 그냥 '내가' 되고 싶었다. 누구의 말에도 흔들리지 않는 단단한 사람이 되고 싶은 것도 아니었다. 오히려 갈대처럼 깊은 뿌리를 내리고 바람에 흔들리는 걸 자연스럽게 받아들이는 사람이 되고 싶었다. 뿌리가 깊기 때문에 어떤 바람에도 넘어지지 않고, 흔들리면서도 제자리에 머무는 갈대처럼.

갈대가 어떤 바람이든 자신 있게 맞설 수 있었던 건 뿌리가 있었기 때문일 것이다. 부모님, 친구, 남편이 나의 비빌 언덕이 되어줄 수는 있다. 하지만 결국 나 자신이 나에게 비빌 언덕이 되어야 한다. 비빌 언덕을 갖는다는 건, 남들에게 보여주기 위한 성을 쌓는 게 아니라 나만을 위해 만들어진 베이스캠프를 세우는 일이다.

힘이 들 때, 막막할 때, 정말 축하받고 싶을 때, 그 어떤 순간에도 원할 때마다 가장 먼저 돌아올 수 있는 곳. 나는 그 비빌 언덕을 내 안에 만들고 싶었다. 그래야 무엇을 시작하든, 실패하든, 성공하든 어떤 순간에도 나는 내게 돌아올 수 있다. 어떤 상황에서도 어떤 형태로든 '내가 나일 수 있는 근거'를 만들고, 원하는 나의 모습을 향해 나를 밀어주는 지지대가 될 것이다.

기본기는 스스로 정의하고, 스스로 다듬어야 한다. 그리고 그 과정은 생각보다 오래 걸릴 수도 있다.

내가 지켜야 할 중심은, 내가 어떤 상황에서도 나를 지켜낼 수 있도록 해주는 베이스캠프이다. 여행은 돌아올 곳이 있기에 의미가 있다. 돌아올 곳이 없다면 그것은 여행이 아니라 방랑일 것이다. 내가 필요한 것들과 원하는 것들을 갖춘 나만의 베이스캠프가 있다면, 히말라야를 가든, 집 앞 공원을 걷든 어느 곳이든 언제든 다시 돌아올 수 있다. 그곳이 있기에 도전할 수 있고, 실패할 용기도 낼 수 있다.

여기서 말하는 기본기는 유명한 연예인의 루틴도 아니고, 성공한 사람들이 말하는 미라클 모닝도 아니다. 물론 그게 나에게 맞고, 내가 그렇게 정했다면 나의 기본기가 될 수 있다. 하지만 남이 만든 기준을 그대로 따르기만 해서는, 아무리 좋아 보이는 습관이라도 내 것이 되긴 어렵다. 그리고 설령 내가 원한다고 해도, 막상 내 일상과 어울리지 않거나 내 몸에 잘 붙지 않을 수도 있다.

그래서 기본기는 그저 따라 하는 것이 아니라, 직접 겪어보고 시간이 들더라도 나에게 맞게 만들어야 하는 것이라고 생각한다. '나의 기본기'는 곧 나만의 베이스캠프를 세우는 일이다.

삶을 지탱하는 이 힘은 남에게 기대지 않기 위해 필요한 게 아니다. 오히려 누군가를 필요로 하더라도 스스로를 잃지 않게 해주는 토대다. 혼자일 수 있는 힘이 있기에, 함께하는 순간에도 자신을 온전히 지킬 수 있다.

우리는 모두 혼자가 되려 애쓰지만, 결국 살아가는 동안 서로를 필요로 하는 존재다. 아무리 단단한 사람이라도 기대고 기대야 하는 순간이 찾아온다. 그래서 더욱, 내 안에 스스로 기대어 쉴 수 있는 비빌언덕이 필요하다. 내 안에 이 기반이 있을 때, 무엇을 스스로 채울 수 있고 무엇은 기꺼이 기대어도 되는지를 구분할 수 있다. 끝없이 남에게 기대고 요구하는 삶은 결국 관계를 무너뜨린다.

나는 모든 사람이 자신만의 색과 아우라를 가진 기본기를 만들 수 있다고 믿는다. 그 기본기는 꼭 지켜야 할 규칙이나 의무가 아니다. 나를 나답게 하면서, 세상으로부터 나를 지키고, 세상으로 나아가게 해주는 가장 강력한 무기다.

"자, 이제 그 무기를 만들기 위한 기초공사를 시작하자.
아무리 훌륭한 요리사라도 요리를 하려면 재료가 있어야 하니까."

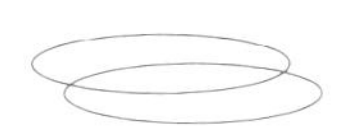

나의 기본기를 위한 기초 공사 - 나의 몸
: 나는 내 몸에 대해 알까

'네가 이루고 싶은 게 있다면, 체력부터 길러라.' 드라마 미생의 명대사 중 하나다.

눈물겨운 다짐도, 간절한 목표도 체력 앞에선 맥을 못 춘다. 무언가를 이룬다는 건 결국 무언가를 '그럼에도 불구하고' 꾸준히 했다는 뜻이고, 그 꾸준함엔 체력이 팔할이라고 해도 과언이 아니다. 나만의 기본기를 만드는 데도 체력은 필수다. 기본기를 만드는 과정은 실패의 연속이기 때문이다.

나의 기본기를 만든다는 건, 나라는 사람을 알아가며 나만의 홈그라운드, 즉 베이스캠프를 만드는 일이다. 허허벌판에 내가 필요하고 원하는 것들로 구성된 재료를 하나하나 구해서, 이 모양으로도 지어 봤다, 저 모양으로도 지어 봤다. 포기도 해 봤다, 다시 시작도 해 봤다 하는 일련의 과정이다.

나이가 많다고 덜 흔들리는 것도, 경험이 많다고 덜 실패하는 것도 아니다. 그저 그 흔들림을 얼마나 자연스럽게 받아들이며, 그 와중에도 중심을 지켜낼 수 있느냐의 차이라고 생각한다. 그렇게 자신만의 기본기가 있는 사람은 어딘가 모르게 '믿을 구석'이 있어 보인다. 딱히 무엇을 보여 주지 않아도, 설명하지 않아도, 자신만의 아우라가 느껴진다.

그런 사람은 분명 수많은 흔들림을 지나며 자신만의 기본기를 쌓아온 사람일 것이다. 그래서 나의 기본기를 만든다는 건 단순히 나라는 사람을 발견하고 이해하는 것에서 멈추지 않는다. 나를 확장할 수 있는 홈그라운드를 만드는 일이기도 하다. 당연히 많은 에너지가 들 수밖에 없고, 어디서부터 시작해야 할지 막막한 마음이 드는 것도 자연스럽다.

나는 그 시작을 '내 몸을 아는 것'에서부터 하고 싶었다. 체력, 말 그대로 몸에서 나오는 힘이다. 본격적으로 힘을 기르기 전에 먼저 내 몸에 대해 알아보자는 것이다. 생각해 봤다. 아플 때 말고, 언제 내 몸에 대해 알고 싶어 한 적이 있었나? 바디라인을 가꾸고 싶을 때, 더 예뻐지고 싶어서 거울을 들여다보며 개선할 점을 찾았던 기억은 많다. 하지만 그 외의 순간, '지금 내 몸은 어떤지' 물어본 적은 거의 없었다. 거울 속 내 몸을 있는 그대로 본 적도, 괜찮다고 느껴 본 적도 없었다. 항상 부족한 부분을 찾았고, 그래야 안심이 됐다. 노력 중이라고 믿을 수 있었으니까.

헐렁한 옷을 입으면 살이 금세 찔까 봐 일부러 작은 옷을 샀다가 며칠 못 입는 경우도 많았다. 어떻게든 몸을 쑤셔 넣어 입었지만 불편하니 손이 잘 안 갔다. 우스운 악순환이었다. 겉모습뿐만 아니라, 먹는것도 불편했다. 목이 마르면 물을 마시면 되는데 커피를 마시고 음료

수를 마셨고, 새벽에야 물을 찾았다. 배탈이 나도 약을 먹고 곱창에 소주 한 잔을 곁들였다. 내가 잠깐 한심해 보이기도 했지만, '그래도 지금 안 아프면 됐지' 싶어 그냥 흘려보냈다.

나는 항상 인생에서 무엇을 원하는지, 어떤 삶을 살고 싶은지 묻곤 했지만 내 몸에게는 그 어떤 질문도 하지 않았다. 언제든 따라올 거라고, 알아서 버텨 줄 거라고 생각했다. 상처가 나면 약 바르고 밴드를 붙이는 것으로 나는 나를 사랑한다고 여겼다. 그런데 같은 곳에 같은 상처를 반복했고, 또 다른 상처도 자주 만들어 냈다. 말 그대로 '땜빵' 하며 그걸 돌봄이라 착각했다. 사실 그럭저럭 땜빵하며 살아도 아무 일도 없을 수 있다. 하지만 평생 그렇게 사는 게 내가 원하는 인생인지에 대해서는 스스로 물어볼 필요가 있다.

정말 내가 원하는 삶이고, 그렇게 사는 게 좋다면 그건 그 자체로 소중하고 존중받아 마땅하다. 하지만 그 대답에 조금이라도 주저함이 있다면, 이제는 내 몸에게도 '무엇을 원하는지' 물어볼 차례다.

처음에는 아무런 대답을 듣지 못했다. 갑자기 '어떻게 대해 줄까?' 물어본다고, 내면의 목소리가 들리는 것도 아니니까. 나에게는 그 질문이 '하얀 캔버스에 원하는 걸 그려 봐'라고 말하는 것처럼 느껴졌다. 내 몸은 그동안 자기가 원하는 게 뭔지 몰랐던 것이다. 선택지가 있다는 것도, 그걸 선택하면 어떤 결과가 오는지도 알지 못했다. 경험이 없어서가 아니라, 내가 그 경험을 의식하지 않았기 때문이다.

그래서 나는 일상과 경험 속에서 몸이 느끼는 감각들을 따라가 보기로 했다. 라면을 좋아하지만, 내 몸은 라면을 부담스러워했다. 배가 고프다고 느껴졌지만 몸은 '비워진 상태'를 더 편안해하기도 했다. 아무것도 하기 싫은 날, 몸은 산책을 원했고, 운동하고 싶을 때 몸이 전혀 따라 주지 않을 때도 있었다. 술을 마시지 않기로 마음먹었지만 몸이 술을 원할 때도 있었다. 중요한 건 몸은 늘 정직했고, 솔직했다. 그 감각들이 내게 '이해'로 다가오기 시작했다.

나는 내 몸과 대화를 나누고, 협상하고, 때로는 다투기도 하며, 점점 더 서로를 이해하게 되었다. 처음엔 내가 몸에게 일방적으로 물었지만, 시간이 갈수록 내 몸이 주는 감각을 내가 먼저 눈치채게 됐다. 몸은 본능적이고 직관적이기에, 그 감각을 알아채는 일에는 연습이 필요했다. 연습할수록 몸이 주는 감각에 대한 확신도 생겼다. 솔직한 감각을 그대로 받아들이기 시작하면서, 나를 있는 그대로 받아들이는 일도 쉬워졌다. 그렇게 내 몸을 어떻게 활용하면, 나의 기본기를 만드는 이 여정에 함께 걸어갈 수 있을지 알게 되었다.

예전의 나는 몸의 사령관에 가까웠지만, 지금은 함께 걷는 동료이자 가장 가까운 친구처럼 느낀다. **나라는 기본기를 만드는 데, 나라는 '몸'이라는 지원군을 얻어 보는 건 어떨까?** 아마 당신의 몸도, 당신의 관심을 몹시 기다리고 있을 것이다.

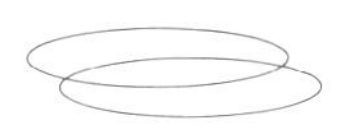

나의 기본기를 위한 기초 공사 - 시간
: 나를 말해 주는 가장 솔직한 증거

사람을 가장 정직하게 알 수 있는 방법은 두 가지다. 하나는 그 사람이 돈을 어디에 쓰는지, 다른 하나는 시간을 어떻게 쓰는지를 보는 것이다. 둘 다 제한되어 있지만, 시간은 금처럼 귀하고, 돈보다도 훨씬 더 제한적이다. 그 어떤 것으로도 살 수 없고, 돌려받을 수도 없다. 그래서 내가 시간을 어디에, 어떻게 쓰고 있는지를 들여다보는 건 내가 어떤 삶을 살고 있는지를 가장 명확하게 보여 준다.

몸이 나의 기본기의 시작점이라면, 시간은 그 기본기를 실제로 쌓아 갈 수 있게 만드는 바닥 같은 것이다. 그래서 나의 기본기의 두 번째 기초 공사는 '나의 시간 개념'이다. 여기서 '나의' 시간 개념이라고 굳이 말한 이유는, 시간에 대한 인식과 개념은 남이 정해 주는 게 아니라 본인이 정의해야 하기 때문이다.

이 글은 시간을 잘 쓰는 법이나 생산성을 높이는 방법에 대한 이야기가 아니다. 시간을 어떻게 인지하고, 어떻게 보내고 있는지를 들여다보면, 내가 뭘 중요하게 생각하고 있는지, 내가 어떤 사람인지가 보인다. 그리고 기본기를 만든다는 것도, 쌓아 간다는 것도 결국 시간 위에서 이루어지기 때문에, 시간을 다시 인식하는 일은 꼭 필요한 기초 공사다.

그런데 시간을 들여다본다는 건 생각보다 추상적인 일이다. '내가 지금 시간을 어떻게 쓰고 있지?'라는 질문 앞에 멈칫하게 된다. 일하고, 밥 먹고, 씻고, SNS 보고, 또 일하고… 하루를 쪼개 보면, 마치 별다를 것 없이 살고 있는 것처럼 보인다. 하지만 그 익숙함 속에야말로 지금 내가 어떤 흐름 위에 살고 있는지가 숨어 있다.

나는 항상 내가 어떤 사람인지 궁금했다. MBTI는 기본이고, 성격 유형 검사, 사주, 각종 심리 테스트까지 습관처럼 해 왔다. 나는 난데, 내가 누군지 몰랐고, 어떤 성향인지, 무엇이 변했는지를 끊임없이 확인하고 싶었다. 삶이라는 망망대해에서 수영도 못하면서 튜브 하나 끼고 어디든 헤엄치며, 발이 닿는 땅을 찾아 발버둥치는 기분이었다. 나는 '나'라는 단단한 땅이 필요했지만, 정작 하고 있는 건 그저 튜브에 매달려 허우적거리는 일이었다. 그렇게라도 해야 발끝이 어딘가에 닿을 것만 같았기 때문이다.

결국 나를 보려면, 시간 속에서 움직이는 나를 봐야 했다. 원하든 원하지 않든, 이 흘러가는 시간 속에 나는 놓여 있었고, 내가 무엇을 보고, 선택하고, 반복하며 살아가고 있는지를 마주할 수밖에 없었다.

그래서 나의 삶을 채우는 이 시간들을 들여다보기 위해 기록하기 시작했다. 대학교 시절, 일주일은 작정하고 시간 단위로 할 수 있는 한 최선을 다해 무엇을 했는지 써 봤다. 그리고 나도 나에게 놀랐다. 이렇게 빼곡하게 시간을 채우고 있었는지 말이다. 하루 끝에 보낸 시간들을 되짚어 보면, 그 시간에 내가 무슨 생각을 했고, 어떤 감정을 느꼈는지가 떠올랐다. 대부분 내가 어디론가 실려 가는 느낌이었고, 그 와중에도 해야 한다는 책임감이 묵직하게 들었다. 즐겁기보다는 뭔가를 해내고 있다는 감각에만 몰두했고, 온몸이 항상 딱딱하게 굳고 뭉쳐 있었던 것이 기억에 남았다.

기록은 그저 시간의 흐름만 남기는 것이 아니라, 그 흐름 속에 머물던 나의 마음과 몸의 상태까지 드러나게 했다. 그 시간 속에서 나는 끊임없이 '내가 누구인지'를 묻고 있었다. 이것보다 더 투명하게 나를 볼 수 있는 방법이 있을까 싶었다. 물론 그 기록이 나를 전부 설명할 순 없었지만, 그 시간들이 쌓여 결국 '나'라는 모습을 만들어갈 것이란 건 분명했다.

빼곡한 일정 속에서 나는 열정과 애씀, 초조함과 불안을 함께 봤다. 그리고 무엇보다, 나는 그럼에도 불구하고 계속 나아가는 사람이라는 결론에 이르렀다. 나는 쉬지 못하는 사람이었고, 내 시간은 언제나 끊임없이 움직이고, 끊임없이 생산해 내는 것으로 가득 차 있었다. 혼자 있지 못했고, 누군가를 늘 만나러 갔다. 그러면서도 나는 왜 이렇게 힘든지, 나는 누구인지 물었다.

나의 시간은 균형이 없었고, 몰아붙인 덕에 뭐 하나 진득히 고민하기가 어려웠다. 고민은 늘 있었지만, 고민은 고민으로 끝났다. 하루하루에 말 그대로 '매몰되어 있었다.' 내가 어떤 인생을 살고 싶은지, 그 인생에 나는 어떤 사람이고 싶은지를 생각했을 때, 내 시간을 그저 열심히만 보내서는 안 된다는 걸 느꼈다. 지금보다 더 많은 몰입의 시간과 휴식, 즐거움이 필요했다. 그리고 열등감, 주저앉고 싶은 마음, 나의 못남을 관찰하고 받아들이는 시간도 필요했다.

그걸 인식하기 시작하면서, 바다 속에서 허우적대던 발이 땅에 조금씩 닿기 시작했다. 형태 없는 시간을 내가 원하는 대로 주물럭거려서 모양을 만들어 가는 기분이었다. 그리고 이 기분을 느끼기 시작하면서, 나는 '나'라는 기본기를 만들어갈 준비가 되었음을 직감했다.

이후로 나는 단순히 열심히 사는 것이 아니라, 내가 어떻게 시간을 쓰는지 관찰하기 시작했다. 의식적으로 쉬기도 하고, 의식적으로 사람을 만나기도 하고, 의식적으로 움직일 수밖에 없도록 구조를 만들었다. 그랬더니 어느 순간부터는, 내가 시간을 움직이는 느낌이 들었고, 시간이 나를 위해 움직이는 것 같았다.

이 시간들은 나의 베이스캠프에 집을 짓기 위한 나무를 구해 오고, 강한 햇빛을 가릴 나뭇잎을 찾아 오게 해 준다. 썩은 나무를 가져와 의자가 금세 망가지더라도, 다시 구해 오면 된다. 실수해도, 실패해도, 매일 다시 기회를 주는 것. 그 사실만으로도, 나에게 큰 위로이자 응원이 됐다.

당신은 어떤 시간을 살고 있는지 궁금하다.
"당신이 원할 때 언제든 돌아갈 수 있는 베이스캠프를 짓고 있는 중인가?
아니면 아직 발이 땅에 닿지 않는 바다 위를 떠다니고 있는가?"

당신의 시간을 바라보는 그 순간부터, 당신도 나와 같이 오로지 당신만을 위한 베이스캠프 땅을 만나게 될 거라고 믿어 의심치 않는다.

나의 기본기를 위한 기초 공사 - 에너지 흐름
: 나는 어떻게 흘러가는가

하루가 끝날 무렵 나는 오늘 하루가 어땠는지 물었다. 마치 타인이 내게 안부를 묻듯이 말이다. 특별한 일이 있었던 것도 아닌데 지치는 날이 있다. 반대로 하루 종일 바쁘고 정신없었는데도 이상하게 괜찮았던 날도 있었다. 그때 알았다. 겉보기엔 이유가 없어 보여도, 기분은 어딘가에서부터 흘러온다는 걸.

몸을 알고, 시간을 인식하게 되면 그다음은 '흐름'을 보는 일이다. 에너지를 더 쉬운 말로 하면 생활의 흐름이다. 어떤 리듬으로 하루를 보내고 있는지, 그 흐름은 나를 살리는 쪽인지 아니면 자꾸 소진시키는 쪽인지. 그래서 나의 마지막 기초 공사로 '에너지 흐름'을 선택했다.

에너지는 존재하지 않는 것처럼 보이지만 분명히 존재한다. 누군가에게 괜히 기가 세다고 느끼거나, 별일 없는 하루인데도 묘하게 흐름이 달라짐을 느낄 때가 있다. 우리는 이미 그런 순간들 속에서 에너지의 흐름을 감지하고 있는 셈이다. 공간의 공기, 사람의 말투, 표정, 거리감, 눈빛, 속도까지—모든 것이 에너지를 가지고 있다. 그리고 그 에너지는 서로 상호작용하면서 우리에게 영향을 미친다. 어떤 사람과 대화를 나누고 나면 이유 없이 힘이 빠지는 경우도 있고, 어떤 공간에 들어가면 설명할 수 없이 불편해지는 경우도 있다. 그게 에너지다. 눈에 보이지 않지만 모든 순간을 구성하고 있는 것.

그래서 나도 나의 에너지 흐름을 관찰하기로 했다. 방법은 단순했다. 기분을 들여다보는 것이다. 기분은 환경, 사람, 날씨, 생각, 신체 상태, 빛의 양, 말 한마디 같은 아주 작은 요소들의 조합으로 나온 결과다. 그리고 그 결과는 내가 지금 어떤 흐름 위에 있는지를 가장 솔직하게 알려 준다.

어떤 날은 별일 없이도 가라앉고, 어떤 날은 온갖 일이 있었는데도 이상하게 괜찮았다. 기분을 10점 만점으로 본다면, 아무 일도 없고 평온했는데도 5점 이하로 느껴지는 날이 있었고, 하루 종일 이슈가 가득했는데도 7점 이상으로 느껴진 날도 있었다. 힘든 하루가 반드시 낮은 에너지로 연결되는 건 아니었고, 그렇다고 기분 좋은 날이 무조건 에너지가 높은 것도 아니었다. 기분이 가라앉아도 태도를 고쳐 가며 흐름을 바꾸기도 했고, 평온하고 일정한 흐름을 유지하던 날을 복기하면서 작은 루틴을 만들기도 했다. 이런 관찰이 모여서 나의 흐름을 관리하는 방법이 되고, 최악에 자주 빠지지 않도록 돕는 안전장치가 되었다.

물론 흐름이 완전히 깨지는 날도 있었다. 그럴 때 나는 할 수 있는 한 모든 걸 간소화하고 단순화하려고 했다. 할 수 있는 최선을 '기준을 낮추는 것'으로 잡았고, 뭐라도 적고 싶은 날에는 그저 속에 있는 이야기를 토해 내듯 써 내려갔다. 글을 쓰고 나면 분명 정리된 기분이

들기도 했지만, 어떤 날은 책상 앞에 앉아 문장을 만드는 것조차 일이 됐다. 그래서 그럴 땐 애써 정리하려 하기보다 그냥 흘려보내기로 했다. 문제를 풀기보다, 흐름이 다시 돌아오도록 기다리는 쪽으로 태도를 바꾸기로 한 것이다. 그러다 보니 어느 순간, '필요한 것만 남고, 필요한 것만 오게 되어 있다'는 말을 믿게 됐다. 머리도 마음도 복잡할 땐 자꾸 파헤치고 분석하려 하면, 오히려 더 엉키고 더 지쳤다. 그건 마치 단단하게 꼬인 이어폰 줄을 풀려는 것 같았다. 그래서 나는 에너지가 저절로 풀릴 수 있도록 시간을 주는 것도 중요하다는 걸 배웠다.

기본기를 만든다는 건, 내 몸이라는 시작점 위에 시간이라는 바닥을 깔고, 그 위에 나의 흐름을 조율하며 살아가는 힘을 키우는 일이다. 흐름을 인지하지 못하면 좋은 방향으로 가다가도 금방 과부하가 오고, 번아웃에 도달하기 쉽다. 나의 기본기는 흐름을 읽고 관리할 수 있을 때 비로소 작동된다.

에너지가 중요한 이유는 여기에 있다. 내가 어떤 흐름을 타고 하루를 보내는지, 언제 활기를 느끼고 언제 기운이 빠지는지를 알게 되면, 그 흐름을 내가 주도적으로 설계할 수 있게 된다. 나는 아침형 인간이 아니었다. 미라클 모닝이 나를 더 낫게 만들지 않았다. 오히려 무리해서 남의 루틴을 따라할수록 흐름은 더 깨졌고, 나는 더 쉽게 무너졌다. 내가 살아가는 리듬에 맞는 나만의 흐름이 필요했다. 그리고 그 흐름은 반복해서 관찰할 때 조금씩 보였다.

기분은 언제나 변한다. 순간순간 달라지고, 이유 없이 바뀌기도 한다. 하지만 그 흐름을 따라가다 보면, 어느새 에너지의 패턴이 보이기 시작한다. 그리고 그 반복되는 패턴 안에서, 지금의 나를 읽을 수 있다. 그렇게 보면 기분은 가볍게 지나가는 듯해도, 사실 가장 정직한 신호였다. 하루하루 그 흐름을 알아차리려는 나의 태도는 단지 감정 관리를 넘어서, 나라는 사람의 방향을 조정해 가는 과정이었다.

"당신은 오늘 하루 어떤 흐름으로 살아냈는가?
그 흐름은 어디로 향하고 있었는가."

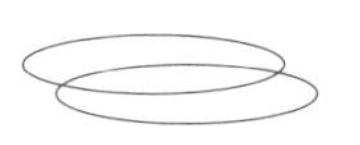

나는 언제 자주 흔들리는가
: 나는 무엇에 가장 약할까

중학교 때부터 나의 일기에는 끊임없이 '나를 믿자'는 말이 빼곡히 적혀 있었다. 스스로에게 세뇌를 시키듯, 훈련하듯, 나에게 주문을 걸었다. 얼마나 불안했으면 저랬을까. 안쓰럽기도 하지만, 그때의 나는 나름대로 불안을 붙잡고자 애쓰고 있었다.

사회에 나와서도 나는 여전히 '나를 믿자'는 말을 반복했다. 하지만 그 끝엔 늘 물음표가 붙었다. "왜 나는 나를 믿지 못할까?" 돌이켜 보면, 그 말을 쓸 때는 언제나 흔들릴 때였다. 스스로와의 약속을 지키지 못했을 때, 기대만큼 결과가 나오지 않았을 때, 예측에서 벗어나는 상황을 맞이했을 때, 나와 비슷한 출발선에 있었던 친구가 훨씬 멀리 앞서 있을 때, 나의 단점을 들었을 때, 결정 앞에서 망설일 때, 자립적이지 못한 나를 마주할 때. 그 모든 순간에 나는 '나를 믿자'는 말로 불안을 덮으려 애썼다.

그럴 때마다 나는 일기장 앞에 앉아, 마치 선생님이 틀린 문제를 고치듯 내 태도를 바로잡으려 했다. 흔들릴 틈 없이, 응급 땜방처럼 나를 다루는 방식이었다. 갈대처럼 나를 대했더라면 어땠을까. 갈대의 뿌리가 단단한 건 미친 듯이 흔들려 본 경험이 있기 때문 아닐까. 나는 그 흔들림을 허락하지 않았다. 불안해도 안정된 척 해야 했고, 괜찮지 않아도 괜찮다고 써야만 했다. 일기의 마지막은 언제나 억지 긍정으로 끝났다.

이런 반복 끝에 나는 묻게 되었다. "이렇게 해서 정말 나아지는 걸까?" 내 안의 대답은 늘 같았다. "나아지지 않아도, 지금 내가 할 수 있는 건 이거뿐이야." 흔들림이 생기면 급하게 붙이는 반창고 같은 방식이었다. 하지만 이런 방식 말고는 정말 없는 걸까? 문득 궁금해졌다. 만약 불안을 미리 인식할 수 있다면, 나의 일상은 어떻게 달라질 수 있을까.

나는 예전 일기들을 뒤져 우울했던 순간과 인생의 갈림길에서 적은 문장들을 다시 들여다보았다. 그리고 알게 됐다. 나의 불안은 무엇이든 '이겨내야 한다'는 의무감에서 비롯되었다는 것을. 새로 도전하는 순간마다 그 막막함과 두려움을 느끼는 대신, 나는 무조건 이겨내야 한다고만 생각했다. 흔들리며 고민하는 여유는 없었다.

그러다 보니 내가 이미 흔들리고 있음에도 알아차리지 못했다. 무너지면 내 안의 내가 나를 비웃을 것 같았고, 그 감정에 사로잡히는 것이 두려웠다. 나는 강한 척이라도 해야만 버틸 수 있었고, 그 뒤에 숨어 있는 나를 보지 못했다. 만약 그때, "두렵지? 괜찮아. 안 해도 되고, 해도 돼. 안 되면 같이 다시 해 보자." 이렇게 말해 줄 수 있었다면 어땠을까.

이제야 알겠다. 나의 흔들림을 의식할 수 있어야, 내가 언제 자주 흔들리는지 알 수 있다. 거기서부터 단단한 기본기가 시작된다. 강한 척을 멈추고, 가장 약한 지점을 인정하는 순간부터 말이다.

사람은 태어난 순간부터 죽을 때까지 불안을 다루는 법을 배우는 것 같다. 그리고 그 배움의 출발점은, 불안이 있다는 사실을 인정하는 데 있다. 흔히 불안을 동굴처럼 어둡고 위험한 것으로 생각하지만, 사실은 그렇지 않다. 불안은 나를 무너뜨리는 게 아니라, 내 발이 닿을 바닥을 인식하게 해 주는 신호일지도 모른다. 그 바닥이 생길 때 우리는 비로소 쉬는 법을 배운다.

물론 삶을 살다 보면 모든 불안을 다 느끼고 살 수도 없고, 피하는 것이 더 현명하게 느껴질 때도 있다. 나 역시 자잘한 불안은 무시하고 지나치는 편이다. 마치 구름처럼, 그냥 흘려보내야 할 감정들도 있기 때문이다. 하지만 중요한 건 '반복되는 불안'이다. 그것이 언제, 어디서 시작되는지를 아는 것이 필요하다.

그 불안을 알아차리기 위해 꼭 필요한 게 하나 있다. 바라볼 여유. 생각보다 그 여유는 '시간'과 '태도'에서 나온다. 스스로에게 허용감을 주는 법을 익히려면, 먼저 나를 남처럼 대해 보는 것도 도움이 된다. 나의 감정에 휘말린 주체가 아니라, 도움이 필요한 타인을 바라보듯 거리를 두고 말이다.

그게 어렵다면, 억지로라도 빈 시간을 만들어야 한다. 아무것도 하지 않아도 되고, 무엇을 해도 괜찮은 시간. 다만 해야 할 일을 '하지 않는 시간'. 그 시간을 허락하는 일이 곧 스스로를 허용하는 연습이 된다.

결국, 나의 기본기는 나를 이겨내는 훈련이 아니라, 나를 더 잘 이해하고 품는 연습에서 시작된다.

"당신은 언제 자주 흔들리는가?
그때의 나는, 나를 어떻게 대하고 있는가."

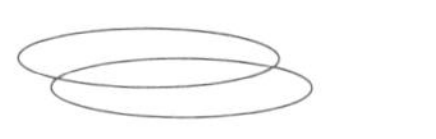

갓생보단 무너지지 않는 일상
: '이것'만 막아도 성장은 시작된다

80억 인구 중 단 한 명도 같은 사람이 없다는 사실은 평범함 속에 특별함을 만든다. 잘났든 못났든 나와 똑같은 사람은 없으니까. 그래서일까, 우리는 끝없이 '나는 누구인가'를 묻고, 더 나은 자신이 되기 위해 살아가다 죽는다.

가끔, 성장하려는 욕구는 돈과 비슷하다고 느낀다. 벌어도 벌어도 더 갖고 싶고, 죽을 때 가져갈 수 없어도 마지막 순간까지 놓지 못한다. 어쩌면 우리는 더 많은 돈을 버는 것처럼, 끝없는 자기 성장을 쫓고 있는 건 아닐까? 중학교 때부터 읽은 자기계발서만 적게 잡아도 50권은 넘는다. 그런데 어느 날 문득, '성장하지 않은 나는 무엇일까?'라는 질문이 스쳤다. 나는 '성장'하기 위해 태어난 게 아니라 그냥 태어난 것일 텐데, 왜 이렇게 성장이라는 말을 입에 달고 살고 있을까.

한 번쯤은 스스로에게 '내가 왜 태어났을까?'라고 물어본 적 있지 않은가? 이미 태어난 마당에 그런 질문은 무의미하다고 느껴질 수도 있다. 나도 그랬다. 하지만 그 질문의 답은 단순하다. 엄마 아빠가 나를 만들었고, 생명이 생겨났기 때문에 태어난 것이다. '그냥 태어났다.' 이 단순한 사실이 나의 존재의 출발점이다.

하지만 태어난 후부터는 '나는 누구고', '왜 살아야 하며', '어떤 의미를 만들어야 하나'를 끊임없이 묻게 된다. 나는 이 고민의 연속, 즉 이유를 만들어가는 과정이 성장이라 생각한다. 시험에 붙고 떨어지고, 사랑하고 실패하고, 결혼하고, 좌절하고, 다시 일어나는 그 모든 과정이 말이다.

이런 생각의 시작은 아빠와의 관계에서 비롯됐다. 아빠는 돈만 많이 벌면 자식은 알아서 잘될 거라는 순진한 믿음을 가지신 분이었다. 경제적으로 받쳐주면 잘 자라야 하는데, 뜻대로 되지 않는 자식에게 실망감을 느끼셨다. 아빠는 "칭찬할 구석이 없는데 어떻게 칭찬을 하냐.", "그 정도면 모자란 거지."라는 말을 하시곤 했다. 그 말은 시간이 지나도 여전히 마음 어딘가에 아물지 않은 상처로 남아 있다. 그런 대학 시절, 아빠는 내게 큰 한 방을 날렸다. 동네에서 함께 그네를 타던 어느 날, 나는 아빠에게 "나는 지금 꽤 행복하다. 이만하면 잘 살고 있는 것 같다."고 말했다. 아빠는 내게 '너는 실패한 인생'이라고 했다. 이유는 구구절절 있었다. 나는 열이 올라 지금 내가 행복한데 왜 실패한 인생이냐 따져 물었다. 하지만 아빠는 그건 네가 아직 어려서 모른다는 말로 대화를 끝냈다.

돌이켜보면, 아빠가 내게 그렇게 말한 이유는 단순히 내 삶의 객관적 상황을 본 것이 아니라, 자신의 불안과 기대, 그리고 스스로에 대한 아쉬움을 나에게 투영한 결과였던 것 같다. 아빠는 내 마음을 들여다보거나, 내가 어떤 삶을 원하는지 묻지 않았다. 그저 자신의 기준과 두려움을 내 삶에 그대로 덧씌웠다. 내 행복을 있는 그대로 바라보려는 노력 없이, 자신의 불안과 욕망을 내 미래에 투사했던 것이다. 그래서 아빠의 말은 사실 내 인생에 대한 평가라기보다는, 아빠 자신의 마음을 반영한 선언에 가까웠다.

그러자 분노와 연민이 동시에 밀려왔다. 사회적으로 성공했고, 두 딸을 둔 가장인 아빠는 행복해 보이지 않았기 때문이다. 아빠는 끊임없이 배웠고, 늙지 않기 위해 몸부림쳤다. 그러나 그 과정이 아빠를 행복하게 만들지 못했다. 나는 여전히 아빠에게 '지금 행복해?'라고 묻지 못한다. 정말 행복하지 않다고 답할까 봐 두렵기 때문이다. 다행히도, 아빠는 내게 "그래도 행복한 인생을 살았다."고 먼저 말해줬다. 아빠는 도움 받는 처지가 아니라 크기에 상관없이 도움을 줄 수 있는 입장인 삶을 산 것에 대해 참 다행인 삶을 산 것 같다며 뿌듯하셨다. 그 말을 들으며, 나는 생각했다. 최고의 성공은 끝이 없지만, 최악은 내가 막을 수 있겠구나. 남에게 손 벌리지 않고, 몸이 너무 아프지 않고, 누군가를 속이지 않고, 그저 단단한 현실 위에 서 있다는 것만으로도 감사할 수 있다면, 그것이 바로 단단한 삶의 시작 아닐까.

사실 인생에서 '물리적인 최악'은 쉽게 오지 않는다. 갑자기 집에서 쫓겨나는 일은 자주 일어나지 않는다. 하지만 일상 속 재난은 다르다. 회사에서 왕창 깨지고 돌아왔는데 집이 엉망일 때, 중요한 회의가 있는데 지하철은 늦고 택시는 안 잡힐 때, 폰 배터리 3%에 지갑도 없고 길도 모를 때. 이런 일상 속 최악의 순간들이 하루를, 이틀을, 일주일을 망치기도 한다.

일상이라는 뜻은 늘 반복되거나 익숙한 생활의 흐름, 즉 특별한 일이 없는 평범한 날들을 말하는데, 사실 이 뜻과 다르게 일상은 참 버라이어티하다. 잘 들여다보면 크고 작은 사건 사고가 가득하다. 예측할 수 있지만 예상되지 않은 일들이 꽤나 많다. 이렇게 일상을 바라보니, 나는 끝없이 성공을 위한 성장에 질주하기보다는, 일상 속 재난을 유연하면서도 재밌게 받아들이는 연습을 하고 싶어졌다. 그 연습이 곧 내 인생을 대하는 태도를 만들어가는 과정이자, 진짜 나의 성장이라고 느껴졌다.

어쩌면 진짜 성공은 '재밌게 사는 것' 아닐까. 일상 속 최악만 잘 관리할 수 있어도, 재밌게 살 수 있는 디폴트 값은 세팅되는 법이다. 나에게 진짜 필요한 건 더 높이 가는 법이 아니라, 일상 속에서 무너지지 않고 단단한 바닥을 만드는 일이다. 단단한 바닥 위에서라면, 춤을 추든, 달리든, 점프를 하든, 편히 쉬든 무엇이든 할 수 있으니까.

괜찮아야만 하는 당신에게
: 괜찮지 않은 나는 괜찮은 것일까?

나의 일기장 끝에는 언제나 '초긍정'으로 마무리된 문장이 붙었다. 얼마나 하루가 거지 같았는지, 얼마나 외로웠는지, 포기하고 싶었는지에 대해 말 그대로 '갈겨' 놓고는 마지막은 항상 "그래도 참 재밌는 하루였다!"라는 말로 끝맺었다. 써놓은 내용과 상관없이, 무작정 괜찮을 거라는 억지스러운 문장이었다.

앞서 쏟아낸 우울한 감정들을 상쇄시키려는 몸부림이었는지, 그렇게라도 끝내지 않으면 정말 괜찮아질 수 없을 것 같아서였는지, 확실한 건 그 마지막 문장들은 내 마음에서 우러나오지 않은, 기계적으로 찍어낸 문장들이었다는 점이다.

그렇게 억지로 긍정적인 감정을 끌어내려 애쓰는 일은 생각보다 많은 에너지를 소모한다. 마음속에서 부정적인 감정을 억누르며 '괜찮다'고 다짐하는 사이, 내 안의 불안과 우울은 더 깊어졌다. 스스로를 다그치고, 자꾸만 생각을 고쳐 먹으려 애쓰는 그 과정이 오히려 나를 더 지치게 만들었다. 그렇게 애써도, 진짜 '괜찮다'는 마음은 좀처럼 찾아오지 않았다.

나만 보는 일기장 앞에서도 나는 솔직하지 못했다. 혹시 내가 죽고 나서 이 일기가 발견되면 어쩌지, 하는 쓸데없는 걱정까지 하면서, 쓰는 순간에도 스스로를 검열했다. 왜 그런 결정을 했는지, 왜 그런 감정이 들었는지, 하루의 기록은 온통 자기 변명으로 가득했다.

남의 시선에 신경을 많이 쓰는 자의식 과잉이 아니라, 내가 나를 너무 집요하게 관찰하고 분석하는 자기의식 과잉이었다. 남의 기준과 평가에 휘둘리지 않으려다 오히려 내 안에 갇혀버린 셈이다. 싫은 사람이면 안 보면 그만이지만, 나는 나로부터 한시도 떨어질 수 없었다. 가족도 잠시 떨어질 수 있지만, 나는 나와 평생을 살아야 한다. 계속해서 내 생각과 감정을 붙잡고 씨름하다 보니, 어느 순간부터는 내 자신을 잠시 내려놓는 연습이 필요하다는 생각이 들었다. 그래서 의식적으로 나로부터 거리를 두는 시간을 가졌다. 카페에 앉아 창밖을 오가는 사람들을 멍하니 바라보거나, 마을 시장과 골목 사이사이를 천천히 걸었다. 그냥 웃거나 몰입도가 높은 책에 푹 빠져보기도 했고, SNS에서 다른 사람들의 삶이나 유행하는 밈들을 구경하기도 했다. 나를 생각하면 깊어지고 무거워지는 느낌에서 벗어나, 가벼워지기 위해 애써 시선을 바깥으로 돌렸다. 그렇게 작은 시도들이 쌓이면서, 내 마음도 조금씩 가벼워지는 경험을 할 수 있었다.

그리고 나를 돌아보기 위해 다시 억지 긍정으로 끝난 일기장을 펼쳐보았다. 토해내듯 쏟아낸 생각과 감정을 읽으면서, 문득 이런 생각이 들었다. 이게 친구의 글이라면? 동료의 글이라면? 아니면 소설 속 한 인물의 이야기라면? 주인공이 아니라 관객이 되어보니, 더 거칠게 욕을 해도 될 텐데, 너무 순화된 내 글에 웃음이 났다. 괜찮아지고 싶어 하는 나를 보며 안쓰럽기도 했고, 무엇보다 이 사람이 어떤 사람인지 궁금해졌다.

하지만 나를 처음 만난 사람처럼 나를 대하는 건 쉽지 않았다. 그래서 내게 질문을 던지고 답을 찾으려는 것을 멈춰보기로 했다. 그냥 묻고, 말하고 싶으면 말하고, 모르겠는 건 두고, 누가 들어도 말도 안 되는 소리도 해보고, 질문이 싫으면 그냥 일상을 관찰하기도 하고, 관찰도 지겨우면 눈을 감고 가장 재미있는 상황을 상상하거나, 생각의 구름이 지나가도록 내버려두었다. 그렇게 자기의식이라는 껍딱지를 떼고 싶어 하던 나는 조금씩 나에 대한 '허용감'을 배우기 시작했다. 아무도 나를 막지 않았는데, '허용감'이라니, 스스로에게 허락을 구해야 했던 걸까. 타이트한 청바지를 입고 잔뜩 배에 힘을 주고 있던 내가, 이제는 앉았다 일어나도 편한 스판 청바지를 입은 것처럼 느껴졌다. 세상에, 타인이 나를 가둔 것이 아니라 내가 나를 쪼이고 있었다니. 더 이상 쪼이지 않는 나의 모습은 생각보다 편안하고, 그래서 괜찮았다.

나는 오랫동안 '괜찮다'는 감정에 목말라 있었다는 걸 알았다. 괜찮냐는 질문에 늘 "괜찮다."고 대답했지만, 사실 괜찮지 않았다. 괜찮지 않으면 어쩔 건데?라는 생각이 머릿속을 맴돌았다. 빨리 극복해야 한다는 조급함, 시간이 지나면 감정도 저절로 사라질 거라는 믿음, 그런 것들이 나에게 '괜찮지 않은 괜찮음'을 만들어냈다. 괜찮지 않음을 다루는 법을 몰랐고, 빨리 넘겨버리는 것이 회복 탄력성이라고 착각했고, 그게 나의 강점이라 믿었다.

그런데 괜찮지 않다는 건 알겠는데, 도대체 '괜찮다'는 건 무엇일까? 언제 나는 정말 마음 편하게 "괜찮아"라고 말할 수 있는 걸까? 만약 나만의 기준이 있다면, 괜찮지 않은 감정도 더 명확하게 이해할 수 있지 않을까?

괜찮다는 것은 완벽이나 최고와는 거리가 있다. 내가 편안하고 자존감, 자신감이 무너지지 않는 상태, 스스로를 충분히 존중할 수 있는 상태를 말한다. 하지만 실패나 부족함이 있어도 '이 정도면 충분해'라고 자신에게 말하는 일은 생각만큼 쉽지 않다. 우리는 종종 완벽하거나 최고가 되어야만 스스로를 인정할 수 있다고 믿지만, 사실 '괜찮다'는 감정은 그와는 다르다. 내가 나를 위로하고, 스스로를 인정할 수 있는 마음의 선을 갖는 것, 그게 바로 내가 생각하는 괜찮음의 기준이다. 완벽하지 않아도, 최고가 아니어도, 오늘의 나를 다독여줄 수 있는 그 마음이 진짜 '괜찮다'는 감정이 아닐까. 이 말을 여러 번 곱씹는다. 정말 괜찮다는 건, 내가 나를 미워하지 않는 그 순간에 오는 것 같다.

'최선'이라는 말도 마찬가지다. 우리는 흔히 최선을 다한다는 말을 모든 에너지와 능력을 쏟아붓는 완벽한 상태로 오해하지만, 실제로 내가 할 수 있는 최선의 모습은 매일, 혹은 매 순간 달라진다. 어제는 하루 종일 누워 있었지만, 오늘은 일어나서 창문을 열고 바람을 한 번 쐬었다면, 그게 오늘의 최선일 수 있다. 중요한 것은 남이 정해주는 최선이 아니라, 내가 내 상황과 마음을 고려해 '이 정도면 내 최선'이라고 스스로 인정할 수 있느냐다. 그리고 그 순간, "그래, 이 정도면 괜찮아."라고 말할 수 있는 힘이 생긴다.

실패나 부족함이 남아 있더라도, 내가 그 순간 할 수 있는 만큼 최선을 다했다는 자기 수용과 자기 확신에서 '괜찮다'는 힘이 나온다. 이런 자기 수용의 태도는 완벽주의의 굴레에서 벗어나 나를 더 단단하게 만들어준다. 최선을 다해도 결과가 만족스럽지 않을 때도 있다. 그럼에도 그 과정에서 내가 할 수 있는 만큼 해봤다는 경험이 남고, 그 자체로 충분히 괜찮은 결과가 된다. 결국 완벽을 향한 강박에서 벗어나 나만의 괜찮은 기준을 세우고, 그 기준 안에서 스스로를 존중하는 것, 이것이야말로 우리가 건강하게 성장하고 더 단단해질 수 있는 진짜 힘이라는 생각이 든다.

"이 글을 읽고 있는 당신은 괜찮은가?
당신의 괜찮은 기준은 무엇인가."

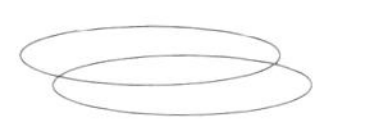

나는 언제 멈출 수 있는가
: 더 나아가고 싶다면 기억할 것

모닝 루틴, 할 일 리스트, 우선순위, 그리고 자투리 시간까지 내 하루는 빈틈없이 채워진다. 세상에서 유일하게 모두에게 공평한 '시간'. 나는 그 시간을 어떻게든 내 편으로 만들고 싶었다. 이 시간들이 쌓여 내 인생의 방향을 만들고, 나라는 사람을 빚어간다고 믿었으니까.

그래서일까, 나는 시간 관리에 집착했고, 성공한 사람들의 방법론을 흉내 냈다. 하지만 그 많은 방법 중 어느 하나도 일상에 완벽하게 녹아들진 않았다.

우리가 시간을 잘 보내고자 하는 마음은, 결국 우리가 인생을 잘 살아내고 싶기 때문일 것이다. 원하는 것을 경험하고, 그 안에서 의미를 찾으며, 하루하루를 더 깊이 있게 살아가고 싶다는 바람이 우리를 움직이게 한다.

시간은 복리의 힘을 갖고 있어서, 지금 이 순간 스쳐가는 모든 것들이 결국에는 복리처럼 불어나 내 삶에 돌아올 것임을 알기에, 나는 어떻게 시간을 보내는지에 누구보다 까다롭게 굴었다. 작은 선택 하나, 사소한 순간 하나까지도 쉽게 흘려보내지 못했던 건, 결국 그 모든 것들이 내 삶을 바꿔놓을 수 있다는 걸 몸으로 배웠기 때문이었다. 그래서 남들은 어떻게 사는지 궁금해, 유명인의 일상까지 분석적으로 들여다봤다. 누군가의 시간을 보는 일은 곧 내 시간을 돌아보는 일이었다.

일을 쪼개고, 쪼갠 일을 시간에 나눠 넣고, 체력을 고려해 쉬는 시간까지 의식적으로 챙기며 반복적으로 살아갔다. 그렇게 살면 행복한지는 잘 모르겠지만, 적어도 '잘 살고 있다'는 느낌은 들었다. 제한된 시간 안에 할 일과 쉬는 시간을 적당히 분배하고, 너무 늘어지지도, 너무 열정적이지도 않게 나만의 타임 사이클을 만들었다.

이런 습관은 무언가 새로 도전하거나, 잘하고 싶은 일이 생겼을 때 실제로 큰 도움이 됐다. 그런데 문득 이런 패턴을 하지 않으면 나는 잘 살고 있지 않은 걸까, 하는 의문이 들기 시작했다. 그 의문은 분명 계획 아래 움직이는 것에 대한 지루함과 권태에서 비롯됐다. 도움되는 건 아는데, 하기 싫은 마음. 우리 모두 알지 않는가.

이런 마음은 자연스럽게 '시간을 잘 보낸다는 건 무엇일까?'라는 질문으로 이어졌다. 나는 늘 '생산성'의 관점에서 시간을 바라봤다. 투자 대비 얼마나 많은 아웃풋을 뽑아낼 수 있을지, 얼마나 효율적으로 사는지에 집착했다. 돈을 버는 관점에서 보면 꽤 실용적인 태도지만, 생산성만으로는 시간을 잘 보낸다는 확신이 들지 않았다. 무엇보다 나는 기계가 아니라 사람이기에, 생산성으로만 판단되는 존재가 되고 싶지는 않았다. 나의 질문은 '시간을 잘 보낸다는 게 무엇일까'에서 시작됐지만, 결국 그 시간이 쌓여 어떤 사람이 되고 싶은지, 그리고 지금 나는 어떤 사람인지로 이어질 수밖에 없었다.

서른 중반이 되기까지 나를 표현하는 키워드는 도전, 두려움, 불안이었다. 뒤로 물러날 수도, 현재에 머무를 용기도 부족했던 나는 아이러니하게 '도전'은 해야만 하는 것이었다. 도전을 하면 실패의 위험이 따르지만, 그 불안은 현재에 머무는 것보다 오히려 안정적으로 느껴졌다. 무언가를 열정적으로 하는 것은 나에게 '나아지고' 있다는 기분을 주었고, 두려워도 해야 하는 이유를 주었다. 다만 도전은 불안을 피하게 해주었지, 행복을 가져다주진 못했다. 무언가를 계속 성취하거나 해야만 하는 나는 늘 쫓기듯 살았고, 한숨이 숨 쉬듯 나왔다.

지금까지 세 곳의 스타트업에서 근무했는데 모두 초기 멤버였다. 바닥에서 시작했기 때문에 성장의 기울기를 빠르게 볼 수 있다는 점이 좋았으나, 정답 없는 무언가를 시도하고 실패하고 다시 반복하는 과정은 몸과 마음을 성장하는 것만큼이나 빠르게 지치게 했다. 누군가가 나를 보호해줬으면 싶었다. 사회로부터인지, 다른 사람으로부터인지, 나로부터인지는 모르겠으나, 보호받고 싶은 마음이 굴뚝같았다.
이 마음은 내가 어디에 서 있는지 돌아보게 했다. 나는 늘 안전지대 밖을 맴도는 사람이었다. 내게 안전지대가 있는지, 만들어야 하는지도 몰랐다. 하지만 확실한 건, 안정감을 줄 공간, 나만의 안전지대가 필요하다는 사실이었다. 도전하는 사람, 불안이 많은 사람, 잘하고 싶은 사람일수록 이 안전지대는 선택이 아니라 필수였다.

문제는, 안전지대와 위험지대를 지도에 그리듯 구분할 수 없다는 점이다. 그래서 막막했고, 무엇을 해야 할지 몰라 우선 멈춰섰다. 멈추자 불안이 밀려왔다. 예전 같았으면 이 불안을 견디지 못하고 곧장 새로운 계획을 세우거나, 뭐라도 해야 할 것 같은 조급함에 휩싸였을 것이다. 이번에는 그 불안이 내 안에서 어떻게 움직이는지 조금 더 지켜보고자 했다. 가만히 있으면 안 될 것 같고, 다시 시작해야 하지 않을까 하는 생각이 머릿속을 맴돌았다. 불안이 나를 자꾸 행동하게 만들었지만, 이번엔 그 감정을 억누르지 않고, 내 마음이 어디로 흘러가는지 바라보려 애썼다.

그렇게 불안에 이끌려 시간을 쪼개고, 계획을 세우고, 나를 관리하는 모든 행위의 밑바닥에는 결국 '나를 통제하고 싶다'는 마음이 있었다는 걸 뒤늦게 깨달았다. 불안과 두려움, 혹은 무기력에 휘둘리지 않으려 내 시간을 꽉 움켜쥐었다. 하지만 통제는 언제나 반발을 일으켰다. 계획이 어긋나면 스스로를 다그치고, 조금만 흐트러져도 불안해졌다. 통제하려 할수록 내 안의 저항도 커졌다.

여기서 나는 절제와 한계의 차이를 생각하게 됐다. 한계는 '할 수 있는데 못할 거라 단정짓는 것'에서 시작된다. 충분히 해낼 수 있음에도 스스로 경계를 긋고 멈춘다. 반면 절제는 '할 수 있지만, 지금 내 의지로 멈추는 것'이다. 주도적으로 선택해서 잠시 멈추는 것, 두려움이나 외부의 시선 때문이 아니라, 내 안의 필요에 따라 내리는 결정이다. 이 차이는 생각보다 크다.

예전의 나는 멈추는 순간을 한계로만 여겼다. 도전하는 사람이라면 멈추지 말아야 한다고 믿었다. 그런데 관점이 바뀌자, 멈춤은 포기가 아니라 내 안의 안전지대를 찾는 과정이 되었다. 오히려 도전하는 사람일수록 멈춤을 한계로 여기지 않아야 한다는 걸 알게 됐다. 멈추고, 다시 도전하고, 또 멈추는 반복 속에서 나는 내 안의 균형과 안정감을 찾아갔다. 멈춘다고 해서 내가 나를 포기하는 것이 아니었다. 오히려 그걸 받아들인 뒤에야, 나는 다시 도전할 수 있었다. 그리고 그 도전은 이제 의무가 아니라, 즐거운 성장으로 다가오고 있다.

그래서 나는 '통제'가 아니라 '절제'가 필요하다고 생각한다. 절제는 억지로 나를 조이거나 금지하는 게 아니다. 불안을 해소하기 위해 무언가를 계속 하려는 충동을 억누르기보다는, 그 감정과 행동을 한 발짝 물러서서 바라보고, 지금 내게 정말 필요한 것이 무엇인지 선택하는 힘이다. 절제는 내 안의 다양한 감정과 욕망을 인정하면서도, 그중에서 가장 나를 안정시킬 수 있는 것을 스스로 고르는 일이다.

통제는 긴장과 반발을 남겼지만, 절제는 오히려 마음을 느슨하게 풀어주었다. 내가 할 수 있는 만큼만, 지금 내게 필요한 만큼만 움직이고, 나머지는 잠시 두는 것. 이게 말처럼 쉬운 일은 아니지만, 그 어려움 속에서 진짜 내 마음을 들여다볼 수 있었다. 결국 절제란 나를 억누르는 힘이 아니라, 나를 존중하고 스스로를 신뢰하는 태도에서 비롯된다는 것을, 나는 조금씩 배워가고 있다.

"이제는 자신에게 물어보자.
멈추는 순간을 한계로 여기고 있는가, 절제로 받아들이고 있는가?"

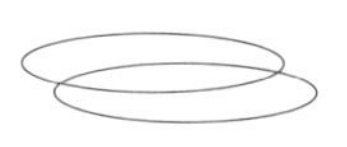

꾸준함이 내게 힘이 되지 않을 때
: 지치지 않는 꾸준함이 있을까

변화는 변하지 않는 것으로부터 온다.

처음엔 잘 이해되지 않았던 이 문장이, 시간이 흐를수록 나를 발견하는 데 중요한 열쇠가 되었다. '나는 어떤 사람일까?'라는 질문은 결국 정체성에 대한 탐구였다. 다른 사람에게 나를 어떻게 소개하느냐보다, 내 자신을 어떻게 인식하고 있느냐에 더 가까운 질문이었다.

지속적으로 하는 것을 보면 어떤 사람인지 알 수 있다. 자꾸 실패하면서도 다시 시도하는 모습에서는 진짜로 원하는 욕망이 드러난다. 결국 꾸준함이다. 꾸준히 생각하고, 꾸준히 행동하는 것들이 많은 부분을 대변한다는 생각이 든다. 그래서 꾸준함에 대해 자주 생각하게 된다.

하지만 꾸준함이란 그저 멈추지 않고 한 가지를 계속 이어가는 것만은 아니다. 시작은 빠르지만 마무리를 짓지 못하고 새로운 시작점만 계속 만드는 사람도 있다. 결과 없이 시작만 반복하는 사람을 꾸준하다고 할 수 있을까? 마무리를 짓지 못하는 모습이 책임감 없어 보일 수도 있지만, 내 관점에서는 그 사람은 '시작을 꾸준히 하는 사람'이다. 새로운 것 앞에서 망설이기보다, 일단 시도해보는 용기가 있다는 뜻이다.

새로운 시작을 계속하는 사람은, 남들이 보기엔 산만해 보일 수도 있지만, 사실은 새로운 것을 발견하고 시도하는 경험치가 꾸준히 쌓인다. 그 경험이 쌓이면, 결국 트렌디하고 변화에 민감한 사람, 즉 시대의 흐름을 읽고 움직이는 정체성으로도 발전할 수 있다. 한 가지에만 머무르지 않고, 다양한 시도를 반복하는 꾸준함 역시 충분히 가치 있는 자기만의 기본기가 될 수 있다.

마무리를 짓지 못해 겉보기에 남는 것이 없더라도, 그것은 그저 다른 관점일 뿐이다. 이런 시선에서 바라보면, 어떤 것을 꾸준히 하고 있는지, 그 꾸준함이 어떤 긍정적인 영향을 주는지는 중요하지 않다. 꾸준하게 늦잠을 자는 사람, 저녁만은 꼭 직접 요리하는 사람, 주말에 약속이 늘 있는 사람 등, 이유야 어떻든 그런 꾸준함이 쌓여 지금의 자신을 만든다. 그 조각들이 모여 현재의 내가 완성된다.

그래서 '변화는 변하지 않는 것으로부터 온다'라는 말을 좋아한다. 이 꾸준함이 결국 과거의 나와 어떤 방식으로든 차이를 만들어 내기 때문이다. 무언가를 반복하고 있다는 사실 자체가 변화의 시작이자 과정이었다. 나는 끝없이 변화하고 싶었다. 변화를 통해 앞으로 나아가고 싶었다. 방향이나 목표보다, 그럼에도 불구하고 계속 반복하는 것 자체에 의의를 두었다. 그게 새로운 곳으로 데려다 줄 것이라 믿었다. 이런 모습은 자부심이 되었다. 꾸준함은 성실하고 책임감 있는 사

람으로 만들어주었고, 그 타이틀이 마음에 들었다. 이것이 '나의 가치'
라고 여겼다.

　나는 '우직한 소' 같았다. 매일 밭을 차근차근 갈아내는 소. 하다 보면
어느새 밭은 다 갈아져 있고, 변화된 밭을 보며 기뻐하는 소 같은 기
분이 든다. 가랑비가 바위를 뚫듯, 소 같은 우직함은 내게 가랑비였다.
그런데 삶이 재미가 없었다. 변화는 꽤 오랜 시간이 쌓인 후에 나타나
는 경우가 많았고, 매일 반복되는 것들에 지쳐갔다. 지겨워서 잠시 쉬
고 싶었지만, 반복을 멈추는 것도 두려웠다. 다시 시작할 용기가 나지
않아, 쉬는 것조차 스트레스로 다가왔다. 이도저도 못하는 상황에서,
예측되는 하루가 진저리 나게 느껴졌다. '아, 이것도 그럼에도 불구하
고 이겨내야 하는 권태기인가 보다'라고 생각했지만, 생각보다 이 감
정은 강력했다. 이 권태에서 벗어나고 싶었고, 포기하고 싶었지만, 그
건 나를 실망시키는 일을 넘어 나의 가치가 떨어지는 것처럼 느꼈다.

　이를 이겨내려는 과정에서 변하지 않는 것을 통한 변화만으로는 부
족하다는 걸 깨달았다. 내게는 새로운 것이 필요했다. 반복과 익숙함
만으로는 채워지지 않는 갈증이 있었고, 그 갈증을 해소하려면 새로
움에 대한 유연함과 열린 태도가 필요했다. 익숙한 것을 지키는 힘과
더불어, 낯선 것을 받아들이는 용기와 유연함이 내 기본기를 더 단단
하게 만들어준다는 사실을 조금씩 알게 되었다.

　다이어트하는 사람을 보면 단백질을 채우기 위해 닭가슴살, 쉐이크,
소고기 등 다양한 방식을 시도한다. 목표는 같지만 접근법은 다양하

다. 이런 생각을 하니, 그저 무언가를 계속 한다는 것에만 매몰되어 있었음을 깨달았다. 무엇을 향해 가는지 생각하지 않고, 반복만이 나를 변화시킬 것이라는 단순한 생각에 빠져 있었던 것이다.

이 깨달음은 기본기를 만드는 다양한 방식에 대한 접근으로 이어졌다. 기본기는 언제든 돌아올 수 있는 베이스캠프, 자신을 발견하고 만들어가는 과정이다. 자신을 발견하고, 알아가고, 채우는 과정은 익숙한 방식이나 반복만으로 이뤄지지 않는다. 기본기에는 '그럼에도 불구하고' 이어가는 꾸준함이 필요하다. 그리고 그 꾸준함 아래에 있는 욕망과 바람의 방향도 의식해야 한다. 그리고 그 방향성을 따라가기 위해 방식을 바꿔가며, 바라는 것을 잊지 않고 해나가는 자신이 중요하다. 같은 행동을 반복하는 것만이 중요한 게 아니다.

요리를 즐기는 사람이 되고 싶다면, 한 가지 요리 레시피를 정통하게 익히는 것도 방법이지만, 다양한 레시피를 시도하며 색다른 결과를 내는 것도 방법이다. 내 경우는 그게 운동이었다. 헬스를 꾸준히 다녔지만, 몸이 더 나아지지 않았다. 내가 원했던 것은 강한 체력이었다. 강한 체력이 만든 건 내가 원하는 것들을 추구할 수 있는 단단한 밑바탕이었기에, 그걸 원했다. 헬스장에 가서 할 수 있는 수준의 운동만 반복하며 위안을 얻었지만, 더 나아가지는 못했다. 꾸준히 한다는 것에만 기대었기 때문이다. 물론 운동을 갔기 때문에 그다음을 생각할 수 있었던 것도 맞지만, 그것만으로는 내가 원하는 모습으로 더 나아가기엔 한계가 있었다.

같은 행동을 반복하면서 다른 결과를 바랐다. 변화는 변하지 않는 것에서 온다는 말을 믿었기 때문이다. 그런데 그게 아니었다. 변화는 변하지 않는 '기본'에서 시작하지만, 그 기본을 단단하게 만드는 건 '꾸준함'이고, 그 꾸준함 안에도 다양한 시도와 방식이 필요했다.

기본기는 나를 실제로 단단하게 만드는 힘이다. 자신을 지탱하는 힘, 원하는 방향으로 나아가게 하는 힘, 그리고 다시 일어설 수 있게 해주는 힘. 그게 바로 꾸준함이다. 하지만 그 꾸준함조차도 한 가지 방식만 고집하지 않고, 욕망과 바람, 그리고 상황에 따라 유연하게 바꿔가며 쌓아가야 한다는 걸 이제야 조금씩 알게 되었다.

익숙함을 반복하는 힘, 낯선 것을 받아들이는 용기, 그리고 그 모든 과정을 견디는 자신에 대한 신뢰. 이 모든 것이 쌓여, 결국 나만의 기본기가 된다.

"당신은 무엇을 꾸준히 하는가, 그 안에 어떤 바람이 있는가.
그리고 그것을 계속하게 하는 힘은 무엇인가?"

모순적이어도 괜찮아
: 일관되게 살면 행복해질까

자신을 소개할 때 우리는 보통 직업, 성격, 취향 같은 명사나 형용사를 쓴다. 하지만 그런 표현들은 결국 내 모습의 한 단면, 혹은 보여주고 싶은 일부일 뿐이라는 걸 안다. 이런 생각을 하다 보면 자연스럽게 '모순'이라는 단어가 떠오른다.

'모순'이라는 단어를 들으면 어떤 느낌이 드는가. 괜히 복잡하고, 불편한 기분이 드는가.
'모순덩어리'라는 말은 또 어떤가.

나는 모순이라는 단어만큼 사람을 사람답게 해주는 표현이 없다고 느낀다. 누군가가 내 한두 군데의 모습만 보고 "이런 사람이야, 저런 사람이야."라고 한다고 치자. 칭찬이면 기분 좋게 받아들이면서도, 한편으로는 평가받는 기분이 들고 그게 전부는 아닌데 싶은 생각이 든다. 부정적인 인상이라면 '네가 뭔데 판단이냐'며 마음속에 천불이 난다. 이처럼 사람들은 '판단'받고 싶어하지 않는다. 하지만 어쩔 수 없다. 나조차도 나를 다 알지 못하는데, 스쳐 지나가는 인연이나 업무 관계에서 내 모습의 일부만 보여지는 건 어쩌면 당연한 일이니까.

이런 상황을 서로가 알고 있음에도 불구하고, 상황에 따라, 또 내 기분에 따라, 긍정이든 부정이든 받아들이는 게 다르다. 그만큼 우리는 모순적일 수밖에 없는 상황에 놓여 있다.

나는 인간의 모습은 전신거울을 힘껏 들어 내던졌을 때 튀어나오는 조각만큼이나 많다고 생각한다. 큰 조각, 작은 조각, 손끝으로 훑어봐야 겨우 느껴지는 아주 작은 조각까지도 말이다. 내가 알고 있는 나는 몇몇 큰 조각, 그리고 경험을 통해 발견한 크고 작은 조각들의 합일 것이다. 분명 하나의 거울에서 나온 조각들이지만, 수천 피스의 퍼즐처럼 제각각 흩어져 도무지 전체 그림을 알기가 어렵다.

여기서 내가 말하는 '모순'은 흔히 말하는 '이중성'과는 다르다. 모순은 내 안에 상반된 감정이나 생각이 공존하는 자연스러운 상태다. 예를 들어, 누군가를 좋아하면서도 질투를 느끼거나, 옳다고 믿으면서도 실천하지 못하는 내 모습처럼 말이다. 반면 이중성은 자기 이익을 위해 의도적으로 본심을 숨기고 겉과 속을 다르게 행동하는 태도를 말한다. 우리는 모두 모순적인 감정을 품고 살아가지만, 이중성은 내면의 갈등을 숨기고 타인을 속이려는 의도가 깔려 있다는 점에서 다르다.

내 안에 서로 다른 감정과 생각이 동시에 올라올 때, 나는 '모순'을 느낀다. 그건 누구에게나 자연스러운 일이다. 깨어진 유리조각만큼 많은 감정과 생각이 겹쳐질수록, 우리는 더욱 복잡해지고, 오히려 그런 복잡함이 우리를 더 인간답게 만든다고 믿는다.

하지만 우리는 종종 한결같고 일관된 모습, 즉 깨지지 않은 하나의 거울처럼 보이고 싶어 한다. 실제로 내 안에는 여러 가지 감정과 생각, 경험이 섞여 있어서, 마치 거울이 여러 조각으로 나뉜 것처럼 상황에 따라 다른 모습이 드러난다. 이런 다양한 면들이 모여 있기 때문에, 자연스럽게 내 안에 모순이 생길 수밖에 없다.

한때 나는, 모순이라는 걸 도무지 견딜 수 없었다. 그 시절 나를 한마디로 표현하면 '재수탱이'였다. 내 자신에게도, 타인에게도. 앞뒤가 말이 맞는 논리에 빠졌고, 남의 실수는 예리하게 지적하면서, 나는 앞뒤가 똑같다는 우월감과 상대를 위한다는 위선이 범벅이었다. 물론 사회생활의 스킬을 익히며 이런 점이 두드러지게 나타나진 않았지만, 내 머리와 태도들은 끊임없이 모순을 찾기에 혈안이 되어 있었다. '완벽하다'라는 말보다 '완벽주의'라는 말을 굳이 쓰는 이유도, 완벽하고 싶지만 완벽할 수 없기 때문에 그 간극을 메우려는 방어막이 아니었을까.

이쯤 되면 자격지심 있는 거 아니냐고 할 수 있다. 맞다. 나는 자격지심이 있었고, 모순을 받아들이지 않으려 애썼다. 앞뒤가 딱딱 맞는 말과 행동을 하며 '일관되게' 보이려 노력했다. 일관되게 보인다는 건 성실과 신뢰의 한 표현이라 믿었기 때문이다. 그 일관된 모습이 꾸며진 거짓이라도 상관없다고 생각했다. 어차피 남도 나도 서로에게 큰 관심이 없기에, 보여지는 모습이 얼마나 상대에게 안심과 신뢰를 주는지가 더 중요하다고 여겼다. 하지만 이렇게 의도된 관계는 수박 겉핥기식이 되기 일쑤였고, 어리숙한 나의 태도들은 금세 상대에게 들통이 났다.

관계에서 편안함이란 생각보다 더 중요하다. 인간의 삶에서 관계는 가장 큰 고민이자, 동시에 가장 큰 행복의 원천이기도 하다. 하버드 대학교의 85년 연구에서도, 행복의 핵심은 돈이나 성공이 아니라 '좋은 관계'임이 밝혀졌다. 나와의 관계, 타인과의 관계에서 모순을 받아들이는 것은 결국 관계의 편안함으로 이어진다.

하지만 나는 좋은 관계를 맺지 못했다. 타인과의 관계는 물론이고, 자신과의 관계도 피상적이었다. 내가 느끼는 것이 있어도 머리가 맞다고 하는 쪽에 맞추면서, 내가 말하고 행동하는 것이 논리적이고 남들도 충분히 이해나 공감할 수 있는지에만 집착했다. 이때 나의 모순을 받아들였더라면 어땠을까. 나만 모순적인 게 아님을 알았더라면, 사실 그 점이 나를 더 나답게 만들어주는 요소임을 알았더라면 나는 분명 더 편안했을 것이고, 그런 나를 본 타인도 편안했을 것이다.

불편한 신발을 신고 걸으면, 내가 아무리 편한 척해도 남들은 내 걸음걸이가 어색하다는 걸 눈치챈다. 마치 내 안의 불편함이 겉으로 드러나듯, 억지로 꾸민 태도 역시 상대에게는 금방 들키기 마련이다. 그래서일까, 예전에 동료가 내게 이렇게 말했다.
"사람들은 모두 관계의 신이야. 똑똑하든 바보든, 누가 자기를 좋아하는지 싫어하는지 귀신같이 안다니까. 심지어 동물도 다 알잖아."

결국 내가 아무리 논리적으로 일관된 척을 해도, 상대는 내 진짜 마음을 느낀다. 억지로 꾸민 태도는 결국 드러난다. 그래서 이제는 내 모순을 감추기보다, 인정하고 자연스럽게 드러내는 것이 나도, 타인도 편안하게 만든다는 걸 안다. 내가 편해지니 표정도 행동도 안정되고, 이전의 나처럼 애쓰는 사람을 보면 '괜찮다'고 말해주게 된다. 너무 잘하고 싶은 마음이 느껴진다고, 내일 네 생각이 바뀌어도 상관없다고 말해주고 싶어진다. 그리고 혹시 오늘의 너와 내일의 네가 조금 달라도, 그 변화도 네 일부라고, 그 모습까지 괜찮다고 말해주고 싶다. 우리는 모두 흔들리고 자주 바뀌지만, 그 자체가 성장의 과정임을 이제는 안다.

모순을 받아들인다는 것은 나의 기본기를 만드는 데 중요한 태도라고 믿는다. 많은 시행착오와 다양한 경험을 통해 결국 내게 남는 가치와 태도들이 내가 살아가는 든든한 바닥이 된다. 시행착오와 실수, 그리고 그 안에서 느끼는 감정의 진폭까지 모두가 결국 나를 단단하게 만든다.

모순을 받아들인다는 건 옳고 그름의 문제가 아니다. 내 안에 이런저런 생각과 감정이 공존한다는 사실을 인정하고, 그 과정에서 더 넓은 경험과 시야를 얻게 된다는 뜻이다. 그렇게 쌓인 다양한 경험과 태도들이 결국 내가 언제든 돌아올 수 있는 든든한 베이스캠프, 나만의 기본기가 된다.

"당신은 어떤 모순을 가지고 있는가.
그 모순을 다른 사람에게서 본다면, '그래도 괜찮아'라고 말해줄
수 있는가?"

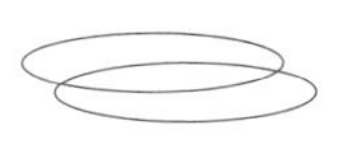

모 아니면 도, 아니면 몰라의 세계
: 당신의 안전지대는 어디인가

인생은 '모' 아니면 '도'다.

결단을 내려야 할 때나 극단적인 노력이 필요할 때 쓰는 표현이기도 하고, 어떤 이의 삶의 관점을 드러내기도 한다. 나는 뭔가 인생을 제대로 사는, 멋진 도박을 거는 사람들이 그려졌다. 결정한 것을 밀어붙이는 추진력도 있고, 모 아니면 도의 끝단에서 극단의 노력까지 한 느낌이랄까. 나에게 긍정적인 측면이 강했다. 아마 결정의 순간마다 우유부단한 내 모습을 보완하고 싶은 마음이 반영된 게 아닌가 싶다.

당신은 어떠한 관점으로 이 문장을 보는가? 나처럼 생각할 수도 있겠지만, 편협한 인생의 관점 또는 심플한 사고 방식이라고 여길 수도 있겠다. 이런 '모 아니면 도'라는 생각은 점점 나의 일상 전반으로 스며들었다. 무언가를 하나 선택하면 그 일관성을 유지하려고 한다거나, 대화 속에서 의견을 정하면, 상대방의 말에 어느 정도 동의가 되어도 처음의 내 입장을 지키기 위해 반대를 위한 반대를 하기도 했다. 웃긴 것은 내가 특별히 관심이 없거나 잘 모르는 일에는 일체 '몰라'라는 태도를 유지했다는 점이다. 그게 무슨 유세라도 된 듯 말이다. 모르기 때문에, 모르는 상태에서 의견을 내는 것은 건방진 일이라고까지 생각했던 것 같다. 무언가를 알아야만 이야기할 수 있는 것이 아님에도, 나는 모 아니면 도, 또는 '몰라'라는 세 가지 선택지를 오가며 살았다.

나는 어중간함을 견디지 못했다. 그게 꼭 내 실제 모습인 것 같았기 때문이다. 무엇 하나 뚜렷이 잘하는 것도 없지만, 노력 덕분에 적당히는 하는 상태, 어중간스러웠다. 재능과 노력, 인내심까지 갖춘 인재들을 뛰어넘겠다는 생각을 한 것도 아니다. 나는 그저 이것도 저것도 아닌 그 애매한 인간의 포지션이 싫었다. 아무 색도 없는 무채색인 것 같고, 그게 그저 그런 나의 인생을 보여주는 것만 같았기 때문이다. 나의 색이 있다는 것이 무엇인지 몰랐으나, 보여지는 것만큼 자신감 있고 자기 확신이 있고 싶었다.

흉내 내다 보면 나의 색이 만들어지지 않을까 싶었다. 그래서 할 거면 제대로 해야 한다고 생각했다. 그리고 그 모습은 모 아니면 도라는 태도가 끝까지 해보는 모습으로 다가왔다. 제대로 사는 느낌을 주었기 때문이다.

반대로 '몰라'라는 태도는 모와 도의 태도가 준 추진력과 다르게 편안함을 주었다. 노력하지 않아도 되고, 가만히 있어도 된다는 안정감을 주었다. 섣불리 어떤 이야기를 했다가 그 말에 어떤 행동을 하거나 책임질 필요가 없기 때문이다. 말이 주는 힘을 알았던 것도 있지만, 조금의 확신이 없는 일에는 아예 입을 닫아버리며 회피하려는 것도 있었다. 사실 이 태도는 굉장히 편리했다. 내가 모른다고 말하면, 상대방은 자신의 지식을 풀어낼 수 있었고, 나는 곤란한 상황에서 자연스럽게 빠져나올 수 있었다. 그래서 딱히 질문도 하지 않고 계속 "아, 나는 몰라서.", "아, 난 몰라."라는 말만 반복했다.

이 세 가지 관점을 뺑뺑이 돌며 살다 보니 힘이 부쳤다. 둘 중 하나를 선택해 끝까지 노력하는 것도 힘에 부쳤고, '몰라'라는 방어막을 치며 회피하려는 내 모습도 싫증이 났다. 나는 사실 '흔들리기' 싫었다. 그래서 나를 밀어붙이는 행동을 하면서 스스로에게 '확신'의 모습을 보여주려 했고, '몰라'라는 대답을 하며 흔들릴 것 같은 상황에서 빠져버렸다. 나의 모든 행동은 흔들리지 않고자 하는 나의 노력이었고, 그 어중간함에서 도망치고 싶은 간절한 행동이었다.

인생의 어떤 결정을 할 때나 도전을 할 때나 관계에 갈등을 겪을 때 나타나는 그 흔들림은 나를 불안하게 했지만, 나는 이 불안을 도전함으로써 회피했고, 상황을 외면하면서 회피했다. 그렇게 이것도 저것도 아닌 안전지대를 만들었다. 회피를 위한 안전지대는 안전지대라고 불리기엔 너무 견디기 힘든 곳이었다. 회피는 또 다른 회피를 낳았기 때문이다. 피하려 할수록 더 깊은 흔들림 속으로 빠져드는 늪 같았다.

사실 난 단 한 번도 흔들리지 않았던 적이 없는데, 왜 그렇게 흔들리지 않으려고 했을까? 그건 아마 흔들리는 나를 볼 때마다 내가 별것 아닌 사람처럼 느껴졌기 때문이다. 분명 나는 계속 흔들리고 있지만, 그 감정을 바라보지 않았고 회피했다. 그래서 언제나 나의 행동은 확실히 하거나 확실히 빠지거나였다. 별것 아닌 사람은 무엇이고, 어중간한 사람은 무엇인지도 모르면서 어떻게 해야 하는지 방황했다. 어떤 선택지가 있는지, 어떤 선택을 해야 하는지 모른 채 말 그대로 방황했다.

 이 방황은 나에게 '흔들림'을 정면으로 마주한 순간이었다. 불안했지만 딱히 선택할 선택지도 없었기에, 처음으로 이 방황을 온몸으로 맞이할 수밖에 없었다. 어떠한 변화가 있을 거라 기대했지만 시간이 지나도 여전히 나는 회색지대에 있었다. 그리고 시간이 갈수록 이 회색지대에 익숙해졌다. 흔들림을 인지하고 받아들여도 내 일상과 내가 하고 있는 노력들은 현재진행형이었다. 그 흔들림은 수많은 생각과 불안을 낳았지만, 이것들은 흔들림을 알아차려서 생겨난 것이 아니라 원래 있던 것들이었다.

 이런 과정은 내게 많은 선택지를 주었다. 나는 수많은 원의 벤다이어그램의 중간에 있는 것만 같았다. 원은 계속 늘어났고, 회색지대는 끝없이 원과 원 사이에 교집합을 만들어냈다. 흔들리고 싶지 않아, 원하든 원하지 않든 둘 중 하나를 선택하곤 했다. 하지만 흔들려도 괜찮아진 나는, 원하는 선택지를 만들어낼 수 있었고 선택을 기다릴 시간과 인내심도 가지게 됐다.

 여전히 회색지대에 있다는 사실은 변하지 않았지만 많은 것이 변했다. 인생을 주도적으로 산다는 것은 무작정 선택하고 책임지는 것에 있는 것이 아니라, 내가 의식적인 선택을 하는 것에 있음을 알게 되었다. 그리고 흔들림이 가득한 이 회색지대는 내게 원하는 선택지를 만들어 낼 수 있도록 하였고, 잠시 머물러 정말 원하는 선택을 할 수 있는 시간을 선물했다.

지금의 나는 나만의 '색'이 있는 인생을 꿈꾸지 않는다. 다만 이 회색 지대에 머물고, 선택하고 또 머물고 선택하다 보면 원하든 원하지 않든 나의 색이 만들어지기 때문이다. 결국 내가 언제든 돌아갈 수 있는 '나의 기본기'는 확신이나 결단이 아니라 흔들림과 애매함을 받아들이는 데서 시작된다는 걸 알게 됐다. 회색지대는 나를 성장시키는 베이스캠프였다. 그곳에서 머물며 진짜 원하는 선택을 준비하고, 내 속도로 한 걸음씩 나아가는 힘을 얻는다.

"당신은 지금 어떤 회색지대에 머물고 있는가?
그 안에서 당신은 어떤 마음으로 서 있는가."

언어는 당신의 세계를 만든다
: 당신의 언어는 무엇을 나타내는가

"내 언어의 한계는 내 세계의 한계다."

'언어의 한계가 곧 인간이 인식하고 경험할 수 있는 세계의 한계다' 라는 뜻이 분명히 있음에도, 나는 내 언어의 '수준'이 가장 먼저 떠올랐다. 내 언어가 내 한계를 정한다니, 괜히 어려운 단어를 써야 할 것 같고, 매번 고심하며 말을 골라야 할 것처럼 느껴졌다. 그래서였을까, '한계'라는 말에는 은근한 반발심도 일었다. 그냥 편한 대로 말해도 되는 걸, 왜 굳이 그걸 '세계의 한계'라고까지 말해야 할까 싶었다.

그래도 문장을 오래 곱씹다 보니, 나의 언어로 구성된 세계는 어떤 모습일지, 그 안에서 나는 어떤 시야를 가지고 살고 있을지에 대한 궁금증으로 이어졌고, 그 물음은 곧 내가 쓰는 언어에 대한 성찰로 옮겨갔다. 나는 왜 어떤 단어를 자주 쓸까? 그걸 들여다보는 순간, 내 삶의 태도와 기준, 감정의 흐름이 언어 속에 얼마나 깊이 담겨 있는지 보이기 시작했다. 내가 어떤 언어를 쓰고 있는지 살펴봄으로써 내 삶의 관점이 어떻게 드러나는지 알고 싶어졌다.

예전에 함께 일했던 동료가 있었다. 그는 일을 할 때 자주 사람이나 결과물을 'S급', 'B급', 'C급' 같은 등급으로 표현했다. 처음엔 그 말이 불편했다. 나에게도 그런 기준이 적용될까 싶었고, 평가받는 듯한 기분이 들었다. 그런데 대화를 나누다 보니 그는 현재 자신의 위치를 빠르게 파악하고, 성장의 방향을 그리기 위해 그 기준을 쓴다고 했다. 실리콘밸리에서 일할 수 있는 S급 인재가 되고 싶다는 목표를 말하며, 지금은 아직 한참 멀었지만 그렇게 나아가고 싶다고도 했다. 그 언어는 그에게 있어 현실을 인식하고 앞으로 가기 위한 전략처럼 보였다.

문제는 그 전략이 자신에게만 향하지 않는다는 것이었다. 기준이 존재하는 순간, 누군가는 어디에 속하게 된다. 그리고 결국 그는 술김에 'C급'이라 여겼던 동료의 이름을 무심코 꺼냈다. 그 순간 나는 확실히 느꼈다. 하나의 관점 아래에는 언제나 명과 암이 함께 존재한다는 것. 그의 언어는 그를 앞으로 나아가게 하는 도구이자, 동시에 타인을 판단하는 기준이 되기도 했다. 나는 그 일이 있은 뒤로 나의 언어를 다시 보기 시작했다.

나는 어떤 단어를 자주 쓰고 있을까? 왜 그 단어에 자꾸 기대게 될까? 내게 자주 등장하는 키워드는 '독립'과 '몰입'이었다.

친구와 이상형에 대해 이야기하던 중, 나는 "이상형이더라도 독립할 시기가 한참 지났고 현실적인 이유도 없는데 부모님과 아직 함께 산다면, 매력도가 확 떨어진다."고 말했다. 친구는 "오히려 그런 사람은 경제적으로 더 준비돼 있을 수도 있다."고 했다. 그 대화에서 나는 깨달았다. 내게 '독립'은 단지 혼자 산다는 의미가 아니었다. 자립, 성장,

고독, 책임, 어른스러움 같은 감정과 태도들이 '독립'이라는 이 하나의 단어에 모두 담겨 있었다. 나는 그 단어를 통해 사람을 보고, 관계를 판단하고, 나 자신을 기준 짓고 있었다.

'몰입'도 마찬가지였다. 언제가 가장 즐겁냐는 질문에 나는 늘 "몰입할 때."라고 대답한다. 산책하다가 생각에 빠져 멀리까지 와 있는 걸 깨닫는 순간, 글을 쓰다 알람이 고장 난 줄 알 정도로 시간이 지나버린 순간, 애니메이션에 빠져 새벽까지 보게 되는 순간들. 나는 그런 순간들을 통해 '시간을 즐기는 사람'이 인생도 잘 즐기고, 결국 후회 없이 산다고 믿게 됐다. 몰입은 내가 살아 있다는 감각과 연결돼 있었고, 유한한 시간을 가장 나답게 쓰는 방식이기도 했다.

그렇다면 몰입하지 않는 삶은 어떤 걸까? 나는 곧바로 '매몰'이라는 단어를 떠올렸다. 몰입은 내가 선택해서 빠져드는 것이고, 매몰은 휘말려 들어가는 것이다. 몰입이 확장이고 집중이고, 잉크가 흰 종이에 번지는 느낌이라면 매몰은 맨홀에 빠진 느낌이었다. 반복되고, 방향 없이 떠밀려 가고, 선택지가 사라지는 감각이었다. 나는 두 단어를 사전 없이도 내 감각과 몸의 반응으로 구분하고 있었다. 그리고 그 감각을 이렇게 내 언어로 붙잡아두는 것이 중요하다는 걸 점점 더 알게 됐다.

내가 자주 쓰는 언어는 내 삶을 바라보는 관점이며, 그 관점은 나를 지탱하는 '기본기'의 기둥이 된다.

단어 하나하나가 내가 무엇을 중요하게 생각하고, 어떤 방향으로 살아가고 싶은지를 말해주고 있었다. 언어를 관찰하는 습관은 단순히 표현을 정리하는 데 그치지 않는다. 언어는 내가 만드는 내 세계의 틀이 될 수 있지만, 동시에 그 틀의 모양을 바꾸고 확장할 수 있는 힘을 가지고 있다. 그래서 내가 어떤 언어를 쓰는지 돌아보는 일은 나를 세우는 힘을 기르는 가장 근본적인 훈련이 된다.

그리고 그건 나의 언어뿐 아니라 타인의 언어를 관찰할 때도 마찬가지였다. 누군가가 자주 쓰는 말을 듣는 것만으로도 그 사람의 세계관이 엿보일 때가 있다. 어떤 말에 내가 유난히 거슬려 하는지도 결국은 내 기준과 연결돼 있었다. 그렇게 우리는 서로의 언어를 통해 관점을 나누고, 때론 그 관점이 나를 흔들고 확장시키기도 한다. 그러면서 나의 기본기라는 탄탄한 나만의 바닥 아래 기둥이 생기기 시작할 것이다.

"당신은 어떤 말을 자주 하는가?
그 말은 당신의 어떤 관점을 품고 있는가."

완벽한 시작은 없지만서도
: 그럼에도 완벽주의를 놓지 못한다면

이 세상에 '완벽'이란 것은 존재하지 않기에, 우리는 더더욱 그것을 붙잡으려 애쓰는지도 모른다.

가질 수 없다고 생각될 때 더 욕망이 타오르고, 손에 잡힐 것 같을 때 포기하지 못하는 것처럼 말이다.

자신만의 완벽함을 정하고 산다는 건 무엇일까?

내가 만족하고 이제 쉬어도 된다는 기준선 역할을 하는 것일까? 사실 나는 완벽함이 무엇인지 잘 몰랐다. '아, 이건 완벽해!'라고 느끼는 순간이 없었기 때문이다. 나의 기준이 높은 것일 수도 있고, 정말 아직 경험해보지 못했을 수도 있다. 그럼에도 내가 완벽함에 대해 계속 생각하는 것은 완벽함에 대한 모호한 판타지 때문이다. 그것이 무엇인지도 모르면서, 시작도 하기 전에 뭔지도 모르는 완벽함을 꿈꾼다.

'게으른 완벽주의'라는 타이틀을 붙이고도 싶지만, 게으르다기엔 꽤 부지런하고 완벽한 결과를 딱히 그리는 게 없었다. 그렇다면 나는 뭘까? 꼭 정의 내릴 필요는 없지만, 그럼에도 불구하고 '완벽'에 대한 생각을 떨쳐내지 못했다. '완벽'의 사전적인 정의로 보면 나의 상황에는 맞지 않아 답답했다. 나에게 맞지 않으니, 그냥 떠오르는 대로, 느껴지는 대로 '완벽'에 대해 적어보기 시작했다. 뭔지도 모르지만 그냥 느껴지는 것들을 끄적이기 시작하니, 집중된 에너지, 편안함, 한 곳에 향한 시선, 장인 정신, 날카로운 선, 안정감, 깨질 것 같은 아슬함이 느껴졌다.

편안한 에너지와 이를 깨뜨리는 에너지가 동시에 있다고 느끼는 순간, 아, 완벽함은 원래 이 두 에너지가 함께하는 거구나라는 것이 머릿속을 스쳐갔다. 사전적으로는 아무런 결점이나 흠이 없는 상태가 완벽이라지만, 나에게 완벽은 조금 다르다. 흠이 있어도 편안함을 느끼는 상태, 그게 나에겐 완벽이었다.

또 하나의 나만의 언어 정의가 생겨난 것이다. 이제야 '사람 그 자체만으로 온전하다'라는 말이 몸에 와 닿았다. 온갖 불안과 결핍을 갖고 있음에도 나와 함께 삶을 살아가는 것 자체가 완벽이지 않을까.

머리의 이해와 몸의 체감까지 했는데 뭘 도대체 해야 하는가. 이에 대한 방법은 의도치 않은 곳에서 생겨났다. 그것은 바로 거울 닦기였다. 물때와 얼룩, 먼지와 지문을 닦아내 물리적으로 정말 완벽해 보이는 말끔함을 만들어냈을 때, 나는 앞으로 거울을 자주 닦게 될 것임을 알았다. 내가 할 수 있는 작은 일, 굳이 큰 노력을 기울이지 않아도 되는 일에 완벽함을 기울이자 짧은 몰입이 생겼고, 쉽고 만족스러운 결과가 따라왔다. 그래서 나는 또 다른 몰입할 거리를 찾고 싶어졌다. 거울 닦기는 원대한 계획과도, 내가 시작하지 못하는 일들과도 상관이 없었다. 몰입이라고 하기에는 아주 가벼운 일이었지만, 그 안에 분명한 집중이 있었다. 그 짧고 가벼운 몰입이 내게 에너지를 채워주었다는 사실을 나중에서야 알았다. 작은 몰입이 생각보다 중요하다는 것을.

　작은 몰입은 '천 리 길도 한 걸음부터' 같은 말들과 닮아 있으면서도 달랐다. 거울 닦기에는 무언가를 이뤄야 한다는 압박도, 목표도 없었기 때문이다. 그저 하는 행동이었고, 그래서 오히려 나를 편안하게 만들었다. 거울 닦기처럼 사소하고 부담 없는 일에 몰입하면서, 짧은 몰입과 즉각적인 만족감이 내게 에너지를 주었다.
　거울 속 얼룩과 때를 지우는 움직임 속에서, 무거운 마음들까지 함께 지워나간 게 아닐까 싶다. 만병통치약처럼 거울만 닦으면 모든 일이 술술 풀리는 건 아니지만, 마음을 정비하고 에너지를 채우는 역할을 한 것은 분명했다.

　완벽주의에 대해 어떤 인식을 가지고 있는가. 높은 성취와 책임감을 뜻한다고 여기는 인식도 있지만, 완벽주의를 추구하면서 생기는 우울, 강박장애, 예민함 등이 부정적인 인식도 꽤 커지는 추세이다. 그럼에도 나는 우리가 완벽하게 추구할 아주 작은 것을 하나 설정해두는 것이 어떨까 싶다. 그게 나에게 거울 닦기인 것처럼 말이다. 모든 것을 완벽하게 할 수 없다는 사실은 안정감도 주지만 무기력감도 함께 준다. 모든 것은 양면을 가지고 있기 때문이다.
　하지만 우리는 사람이기에, 이해하고 알고 있는 것과는 다르게 행동한다. 온전한 것 같다가도 불안과 편안함을 오간다. 이런 관점에서 보면, 완벽이라는 것은 그 불안과 편안함이 딱 알맞게 공존하는 상태라기보다, 그 두 사이를 오가며 각자만의 균형점을 만들어가는 과정이 아닐까. 어쩌면 그 흔들림 속에서만 도달할 수 있는 어떤 상태 말이다.

　나의 기본기를 만들어가는 모든 이들은 자신을 발견하기 위해 많은 시도를 해볼 수밖에 없다. 기본기를 다진다는 건 결국 나를 발견해가는 과정이며, 흔들려도 괜찮은 나만의 중심을 찾아가는 여정이기도 하다. 그래서 완벽주의에 대한 관점, 그리고 '완벽'이나 '시작'이라는 단어에 대해 각자 생각해볼 필요가 있다. 많은 실패가 예상되는 여정 속에서 나만의 기본기를 쌓아가는 일은 일종의 대비책을 마련하는 것과 같다. 완벽하지 않아도, 시작이 매끄럽지 않아도, 모든 시도와 흔들림이 결국 나만의 기본기로 쌓인다. 실수와 실패, 예상치 못한 변화조차도 결국 나를 단단하게 만든다.

　참 아이러니하지만, 우아하게 흔들리고 싶다면 지금 세차게 많이 흔들려봐야 한다. 세차게 흔들리면서 다치기도 하고, 회복해가는 연습을 하다 보면 나의 단단한 뿌리들이 땅에 자리 잡게 되지 않을까 싶다.

　인생의 파도에서 어떤 파도가 올지 알 수 없다. 매번 오는 파도를 잡아 멋지게 서핑하면 좋겠지만, 잘 탈 수 있는 파도에도 보드가 뒤집어질 수 있고, 못 탈 것 같은 파도를 오히려 멋지게 잡아탈 수도 있다. 인생은 예측할 수 없는 것이지만, 중요한 건 그 파도를 우리가 어떤 방식으로든 온전히 받아내야 한다는 것이다. 그래서 나의 기본기를 쌓는 일, 그리고 흔들림을 온전히 받아내는 연습이야말로 결국 내가 나를 지키는 힘으로 이어진다고 믿는다.

완벽함이란, 어쩌면 그런 기본기 위에 자연스럽게 쌓여가는 또 하나
의 결과이지 않을까?

"당신에게 완벽은 어떤 의미인가."

내 인생의 원칙을 만든다면
: 더 나은 나를 만나는 것일까

좋은 건 하나도 놓치고 싶지 않았다. 될 수 있으면 전부 내 것으로 만들고 싶었다.

어떤 목표를 갖든, 가치관을 갖든, 성격을 가지든 우리 모두가 오직 관심 있는 건 자신의 행복이다. 내 자신보다 가족을 생각하고 더 나아가 나라를 생각한다 해도, 그것은 모두 개인 행복과 연결되어 있다. 나의 기본기는 타인에 흔들리지 않고, 나만의 기준으로 살아가기 위한 토대다. 마치 갈대의 뿌리처럼 유연하게 흔들리면서도, 중심은 무너지지 않는 힘을 갖고자 하는 마음이다. 하지만 이런 마음이 강해지다 보면, 스스로에게 자꾸 욕심이 난다.

처음에는 다양한 기회를 경험해 보자는 가벼운 마음이었지만, 어느새 결과를 내야 한다는 부담으로 바뀌어 간다. 나의 시작은 경험이었지만, 결과가 없으면 실패로 여겨지곤 했다. 조금만 무리해도 금세 지치는 내 모습이 싫어서 '30분이라도 거뜬히 뛰고 싶다'고 생각했는데, 그 마음은 어느새 바디프로필까지 찍겠다는 과한 목표로 바뀌기도 한다. 하고 싶어 시작한 일은 곧 '해야만 하는 일'로 바뀌기 일쑤였다. 무엇보다 왜 내가 그걸 하겠다고 해 놓고, 이렇게까지 짜증을 내고 있는지 답답했다. 일을 벌여 놓고는 사방으로 부정적인 에너지를 뿜어내고, 그걸 다시 수습하느라 정신이 없었다. 특히 누군가 '너라면 더 할 수 있잖아. 자신을 좀 가져!' 같은 말을 해 주기라도 하면, 나는 "그래, 내가 할 수 있지. 쉽게 포기하면 안 되지." 하며 또다시 나를 다그쳤다.

여러 번의 시도와 실패를 거치며, 나만의 원칙이 필요하다는 걸 느꼈다. 기대가 높아도, 낮아도 우리는 쉽게 불안해지기 때문이다. 내게 딱 맞는 기대를 하며 도전할 수 있다면 얼마나 좋을까?

이런 기대가 어려운 이유는, 열정이나 체력처럼 다양한 요소들이 함께 작용하고, 그 변화에 따라 '안성맞춤'이라 생각한 일도 쉽게 어그러질 수 있기 때문이다. 사실 우리는 자신에게 많은 것을 요구한다. 건강해야 한다고, 일에 집중해야 한다고, 잘 쉬어야 한다고, 부모님에게 잘해야 한다고, 책을 많이 읽어야 한다고… 이 리스트는 끝없이 이어진다. 자신의 끊임없는 요구 사항을 들어주면서 우리는 또 새로운 도전거리를 찾아 헤맨다. 잠시 쉬어 가도 되고, 멈춰도 된다는 것을 알면서도 나의 쉼은 언제나 다음 도전을 준비하기 위한 하나의 단계가 되곤 한다.

이런 패턴이 반복되면 성장이라는 강박에 끌려다닐 수 있다. 처음에는 나를 위한 일이었지만, 어느새 '해야만 하는 일'로 변했다. 시간을 쏟은 만큼 포기하기가 더 어려워졌고, 결국 그 과정 속에서 즐거움과 여유는 사라졌다. 인간은 '선택'을 하는 자유를 누리고, 그 선택에 대한 책임을 지며, 필요한 만큼 자유의 크기를 키워 나간다. 하지만 이

경우에는 자유롭게 선택했음에도, 그 결과로부터는 결코 자유롭지 못
하다. 이는 책임감의 문제와는 다른 이야기다.

자신만의 루틴을 만들라는 말, 지나가는 SNS 또는 여기저기서 한 번
쯤 들어 보지 않았는가? 요새는 특정한 내 나이 구간을 집어서 30대
라면 무조건 해야 하는 필수 아침 루틴 이런 것들이 수두룩하다. 내용
을 보기만 해도, 이미 그 루틴들을 다 해내야 할 것 같은 욕구가 치솟
는다. 그런데 그렇게 쌓인 루틴들은 하루 시작을 도와주는 게 아니라,
반나절을 통째로 써야 겨우 끝나는 일이 되기 쉽다.

분명 모든 선택은 나를 위한 것이었고, 따지고 보면 욕심도 건강했
다. 더 나은 내가 되고 싶은 마음, 그리고 좋은 건 하나도 놓치고 싶지
않은 마음은 누구보다 내가 잘 이해한다. 그게 바로 나였기 때문이다.
잘되길 바라는 마음은 컸지만, 조급했던 나는 물속에서 첨벙거리기만
하는 스펀지 같았다. 아무리 물을 흡수하려 해도, 정작 내 안엔 스며들
지 않았다. 더 나은 내가 되길 바라는 마음으로 행동을 한 것뿐인데,
마음처럼 되지 않자 속상했고, 그냥 또 내가 그런 수준인가 보다 하며
자책에 빠졌다.

그런 나를 보니, 물건들이 가득 쌓여 발 디딜 틈이 없는 방 같다는 생
각이 들었다. 분명 내 방인데, 내가 열심히 가꾼 내 방인데 내가 그 방
에 들어갈 수가 없었다. 안에 무엇이 있는지 사실 알 수도 없었고, 문
을 여는 순간 답답함이 몰려와 도로 문을 닫아버렸다. 누군가 "이거
진짜 좋아. 내가 많아서 주는 거야." 하면, 좋다는 말에 덥석 받고는 뭔

지도 모른 채 쌓아두는 것만 같았다. 도움이 될 것 같으면 무조건 받아들였다. 다다익선이라는 말을 믿었기 때문이다.

하지만 이제는 진짜 필요하다고 여기는 것만을 선택해야 할 때였다. 하지만 이미 꽉 찬 방을 열어 무엇이 있는지, 필요할 게 있을지 찾아보지 않기로 했다. 필요한 것은 결국 내게 남았든지, 돌고 돌아 내게 다시 올 거라 믿었기 때문이다. 과거처럼 무작정 달려드는 걸 막기 위해, 나는 '한 번에 하나씩', '하나가 들어오면 하나를 뺀다'는 두 가지 원칙을 세웠다. 이 원칙들을 삶 곳곳에 적용했다. 새로운 도전은 언제나 하나가 끝난 뒤에 시작했다. 가벼운 루틴을 하나 추가하고 싶다면 다른 루틴은 빼버렸다. 대량으로 싸게 쟁여 놓던 것들도, 최소한으로 유지하려 했다. 무엇보다 하루에 할 일의 개수를 6개로 제한해 버렸다. 중요한 일에 먼저 집중하고, 과한 욕심으로 소진되는 것을 막기 위해서였다.

이 단순한 원칙은 나의 하루 스케줄과 물건들을 제한했지만, 진짜 원하는 것들만 남겨주었다. 이를 통해 좋아 보이거나, 진짜 좋은 것들이라도 내게 중요하거나 필요하지 않다는 것을 체감할 수 있었다. 나의 한계를 짓는 것이 아니라, 한 가지 도전을 제대로 집중하면서, 다음 단계의 도전에 대해 신중하게 선택할 수 있도록 도왔다. 무엇보다 동시다발로 움직였던 과거에 대비해 더 꾸준하게 할 수 있는 환경이 만들어졌다.

나의 기본기를 만드는 과정은 단기 프로젝트가 아니다. '나'라는 주제를 가지고 평생 연구하는 과정이다. 개인에 따라 정의하기 나름이지만, 중요한 건, 그럼에도 불구하고의 꾸준함이 필요하다는 것이다. 내 경험상, 꾸준함은 의지보다 '환경'의 영향을 더 많이 받았다. 그래서 자신만의 원칙을 세우는 것이 환경을 세팅하는 데 큰 힘이 됐다. 나는 내 안에 없는 것은, 남에게 줄 수도 없고 남들이 볼 수도 없다고 믿는다. 나의 기본기를 만들어 가는 과정에서 나오는 모든 것들은, 사실 이미 내 안에 있었던 것들이 서서히 드러나는 것이다. 그러니 안심하고 그저 '지속'할 수 있는 환경을 만드는 것이 중요하다고 생각한다.

그토록 원하는 나의 모습이 나를 기다리고 있을 테니까 말이다.

**"당신의 삶의 원칙은 무엇인가?
그리고 그 원칙은 당신에게 어떤 영향을 주는가."**

어차피 나한테 관심 없는데 뭐

: 근데 나도 너한테 관심 없어

"원래 사람들은 남한테 관심 없어. 근데 나도 그래."

우리 모두는 따뜻한 '관심'을 바라지만, 생각보다 서로에게 관심이 없다. 최대 관심사는 '나'라는 주제이며, 두 번째 관심사는 '나와' 관련된 주제이다. 자기중심적이거나 이기적이라고 느낄 수 있지만, 사실은 사실이다. 하지만 또 사람들은 관심을 받고 싶고, 주고 싶어 한다. 나와 관련 없는 사람의 이야기도 어떨 때 경청도 하고, 응원도 하고, 남몰래 잘되기를 바라기도 한다. 그만큼 '관심'에 관한 관점은 무 자르듯이 자를 수 없고, 복합적이며, 모순적이며 또 꼭 필요한 것이기도 하다.

언젠가부터인가, 나는 '상관없어, 어차피 나한테 관심 없는데 뭐'라는 말을 습관처럼 내뱉게 됐다. 냉소적이면서도, 뭐 어쩌라는 태도도 함께 장착해서 말이다. 그러한 태도는 외적인 것에도 고스란히 드러났다. 내가 편하고 깨끗하면 됐지라는 생각으로, 보이는 대로 집어 입었다. '뭐 동네 앞에 잠깐 나가는데', '딱히 중요한 곳도 아닌데', '준비하고 생각하는 시간이 더 아까운데' 등 별의별 이유를 만들었지만, 이런 행동의 중심엔 '어차피 나를 신경 쓰는 사람은 없다'는 강한 믿음이 자리 잡고 있었다. 그 믿음의 근간에는 남에게 관심 없는 내가 있었다.

나는 내가 정당하다고 느꼈다. 나는 관심 없으면서 관심을 요구하는 그런 몰염치한 짓을 하고 있지 않다는 생각 때문이었다. 그리고 이러한 사고방식이 생각보다 더 유효하게 느껴졌다.

남들 눈에는 나는 자기중심이 잘 잡히고, 잘 휘둘리지 않는 단단함이 있어 보였다. 남의 시선이나 평가에 힘들어하는 사람 입장에서는 내 인생이 훨씬 편하게 느껴지는 것 같았다. 남들 눈에 그렇게 보인다고 해서 내 인생이 더 편할 거라 생각한 적은 없었는데도 말이다. 그래도 지치고 힘들어 보인다는 말보다는 낫다는 생각에 별로 생각의 무게를 두지 않았다. 하지만 내심 남에게 관심을 갖지 못하는 자신이 불편했다. 이 불편함은 나도 남에게 관심 갖고 싶은 마음이 있다는 걸 드러내 보였지만, 막상 그걸 행동으로 옮길 여력은 없었다.

반대로 남이 나에게 관심을 갖는 것도 피곤하고 부담스러웠다. 내 안이 답답하게 꽉 차 움직일 수도 없고, 무언가를 받아들일 수도 없었다. 사실, 자기중심이 단단해 보였던 건 온통 나 자신으로만 가득 차 있었기 때문이었다. 중심이랄 것도 없이, 그냥 전부가 나였다. 그때의 나는 어떻게든 나를 바꿔 보려고 애쓰고 있었다.

내가 이런 것을 좀 더 잘하면, 이런 것을 개선하면, 이런 것들은 내가 포기하면, 이런 것들은 내가 도전하면, 끝없이 가정을 해보고, 행동으로 옮겨보면서 나를 어떻게든 뜯어고쳐보려고 했다. 참 아이러니했다.

단단한 중심을 잡고 있는 것 같은 나의 실상은 현재의 자신이 너무 싫어, 할 수 있는 한 다 바꿔보려는 힘겨운 애씀을 하고 있었다. 그러니, 나는 남에게 신경 쓸 수도 없고, 관심을 받을 수도 없었다. 물론 개인적인 성향의 차이도 있겠지만, 이미 내 자신에게 소진되어 있었기에 남들의 작은 관심에도 그저 귀찮고, 갚아야 할 마음의 빚처럼 느껴졌다.

웃긴 것은 자신은 자신 때문에 힘들어하면서, 다른 사람들이 남의 시선을 의식하며 사는 것을 볼 때, '왜 저러냐, 어차피 남들은 신경도 안 쓸 텐데' 하며 안쓰러움과 약간은 한심함의 시선을 보냈다는 것이다. 나에게 궁금증을 가지며 묻는 게 많은 사람을 보면, 나는 너한테 관심 없는데 왜 그게 궁금하니? 하는 눈빛으로 일단 그의 질문에 대답했다. 정말이지 총체적 난국이었다. 자기 의식 과잉, 자기 확신 부족은 나를 똘똘 싸매고, 옴짝달싹 못하게 만들었다. 관심을 주지도, 받지도 못하고 이 무한 루프에 빠진 나는 내게 물어야만 했다. 왜 너는 너로만 가득 차 있냐고 말이다.

나는 너무 불안하고, 두렵기 때문이라고 답했다. 나 하나도 어찌 못하는 내가 못나 보였고, 그런 나를 사람들이 부족한 사람이라고 여길까 봐, 그게 티가 날까 봐 두려웠다. 나는 누구보다 사회에, 사람들에게 필요한 사람이 되고 싶었다. 나 혼자 설 수 있는 힘이 있는 사람, 의지할 수 있는 사람, 문제를 해결할 수 있는 사람이 되어야 필요한 사람이 될 수 있다고 믿었다. 하지만, 실상은 나 자신에게 끝없이 명령하는 사람이었고, 자신과 싸우는 사람이었다. 내게는 필요한 사람이 되고 싶다는, 따뜻한 사람이 되고 싶다는 욕망이 있었지만, 마치 그러기 위해서는 내게 특정 조건을 달성해야 하는 것처럼 굴었다.

아마 나는 따뜻한 사람도, 필요한 사람도 되지 못할까 봐 두려웠던 게 아닐까. 이런 두려움은 나를 변화시켜야 한다는 강박으로 이어졌고, 이는 따뜻한 도움을 주고 싶다는 욕구와 달리 자기 의식 과잉, 자기 확신 부족, 우월감이라는 다른 방향으로 뻗어 나갔다. 왜 나는 이렇게 뱅뱅 돌아가며, 어렵게 생각하는 것일까. 나는 나를 조건 없이 받아들이는 것이 무엇인지 몰랐던 것 같다. 뭘 하거나, 성취하면서 나를 발견해 가는 것과 나를 있는 그대로 받아들이는 것과의 차이를 구분 짓지 못했다.

나를 있는 그대로 괜찮다고 생각하지 못하고, 뭔가를 해야만, 또 잘 해내야만 나라는 사람이 '확인'된다고 느꼈다. 나를 있는 그대로 받아들이는 것, 그것은 도대체 무엇일까? 그것에 대한 정의를 아직 찾아가는 중이지만, 어렴풋이 부족함 투성인 나를 '그럼에도' 데리고 살며 재밌게 해주는 것이 아닐까 싶다.

그러면서 나 자신으로만 꽉 차 있던 풍선의 바람이 빠지며, 나에게도 남의 관심을 넉넉히 받고 또 넉넉히 줄 수 있는 여유가 생겨나지 않을까.

돌이켜보면 나로 꽉 차 있던 그 시절의 나는 누구보다 내게 관심을 쏟았다고 생각했지만, 그 누구보다 무관심했다는 생각도 들었다. 관심이 아닌 요구만 했고, 결과만을 중심으로 바라봤기 때문이다. 이제서야 나에게도, 남에게도 작지만 마음이 담긴 관심을 줄 수 있게 된 것 같았다. 신기하게도 내가 남에게 관심을 줄수록, 내 시선은 남에게 향하지만, 그 시선은 결국 남의 눈을 통해 내게 되돌아옴을 느낀다. 그래서 관심, 소통에 대해 외치는구나라는 것을 느꼈다. 이런 경험을 통해, 무엇을 원하는지, 무엇을 좋아하는지 묻는 것만으로는 기본기가 만들어지지 않는다는 것을 배웠다.

나의 기본기는 나 혼자 책상에 앉아 쌓는 것이 아니라, 누군가와 눈을 맞추고, 서로의 관심을 주고받으며 조금씩 자라는 것이다. 내가 나를 아무리 단단히 다지려 해도, 결국 나를 괜찮다고 느끼게 해준 건 나 혼자만의 힘이 아니었다. '한 아이를 키우려면 온 마을의 마음이 필요하다(It takes a village to raise a child)'는 말처럼, 나 또한 나로 서기 위해서는 함께 살아가는 사람들의 마음과 관심이 필요한 것처럼 말이다.

그리고 이제는 알겠다. 나 또한 누군가의 기본기가 흔들리지 않도록 지탱해주는 토대의 한 역할을 하고 있다는 것을. 흔들려도 괜찮은 나를 만나기 위한 여정은 나 혼자서 완성할 수 있는 것이 아니며, 나와 관계 맺는 모두가 함께 만들어가는 것임을 이제야 조금은 알 것 같다.

**"당신의 시선은 지금 어디를 향해 있는가?
그 시선에는 따뜻한 관심이 담겨 있는가."**

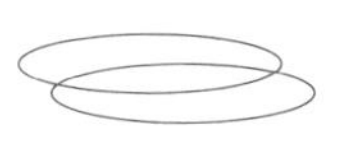

으이구, 줘도 못 받아먹니
: 인생에서 진짜 받아야 할 것은

"다 차려놨는데, 줘도 못 받아먹니? 남들은 못 누려서 난리야."

꽤 오랜 시간 동안 자신을 좋은 걸 줘도 '못 받아먹는 사람'이라고 여겼다. 어린 시절, 우리 집은 부족함이 없었다. 그런데 나는 그걸 몰랐다. 그냥 다들 이렇게 사는 줄 알았다. 배우고 싶은 건 다 배우며 자랐고, 대학 등록금도, 용돈도 받았다. 글로벌 컨퍼런스에 다니고, 중국 유학도 다녀왔다. 알바는 생활비 때문이 아니라 더 사고 싶거나 놀고 싶어서 했다. 내겐 성장할 환경이 차고 넘쳤다. 그런데 좋은 환경이 있었는데도, 나는 그것을 온전히 누리지 못했다. 다 주어졌는데, 내가 '문제' 같았고, 이 좋은 환경을 잘 살리지 못한 내 탓 같아 늘 잘못처럼 느껴졌다.

어릴 적 나는 밝고 활발했다. 5층에 살면서 하루 종일 계단을 오르내리며 얼굴에 때국물을 묻히고 다녔다. 많이 웃고 뛰어다녔던 나는 시간이 지날수록 조용해졌고, 그 조용함은 우울함으로 변해 갔다. 자신감 있게 행동하려 했지만 마음처럼 몸이 따라주지 않았다. 밝게 다가가고 싶었지만, 그런 척하는 내가 들킬까 봐 우물쭈물했다. 아빠는 내게 왜 인사성이 없냐고, 왜 사교성이 없냐고 물었지만, 그 물음은 짜증만 불렀고 대답할 수 없었다.

　호텔에서 외식을 지겹게 할 정도로 좋은 걸 먹었지만, 그때는 좋은지 몰랐다. 좋은 걸 봐도 좋은지 몰랐다. 중학교 때 싱가포르 유학 기회가 있어 아빠와 갔지만, 혼자 해외 생활을 감당할 자신이 없다는 이유로 되돌아왔다. 내게 주어진 기회를 못 받아먹은 순간이었다. 이후에도 미국 유학 기회가 있었지만, 새로움을 두려워해 또 기회는 수포로 돌아갔다. 이런 경험이 쌓이자, 줘도 못 받아먹는 상황이 생기는 게 무서워졌다.

　사실 그때의 기회들이 모두 좋은 결과로 이어졌을 거라는 건 기분 좋은 환상일지도 모른다. 나는 결과론적으로 이야기하는 걸 싫어하지만, 여전히 '그때 다른 선택을 했더라면', '조금만 용기를 냈더라면' 하고 생각한다. 그래서 앞으론 기회를 놓치지 말라고 끊임없이 주문을 걸었다.

　어느 날 지하철을 기다리며 앉아 있었다. 약속까지 애매하게 남아 지하철을 두어 번 보내고 타려 했다. 핸드폰 배터리는 얼마 남지 않았고, 나는 그냥 앉아 지하철이 오고 가는 걸 보고 있었다. 내 수많은 기회들이 저렇게 지나가는 것 같았다. 기회를 잡느냐는 내가 움직이느냐, 움직이지 않느냐에 달려 있었다. 기회를 알아보는 눈이 있어야 기회를 잡을 수 있다는 걸 느꼈다. 그리고 기회는 매일 내게 주어진다는 것도. 매일의 아침이 내 인생의 기차 같았다. 이 하루를 어떻게 탑승하느냐가 기회를 잡았는지 안 잡았는지를 보여준다고 느꼈다.

하지만 그렇게 매일을 기회로만 바라보다 보니, 오히려 시간이 나를 옭아매기 시작했다. 시간을 소중히 써야 한다는 생각이 나를 조였고, 뭐라도 해야 할 것 같았고, 기회를 놓칠까 두려웠다. 준비된 사람이 기회를 본다고 믿었기에 계속 준비해야 한다며 스스로를 몰아붙였다. '줘도 못 받아먹냐'는 말은 나를 자극해 성장시키기도 했지만, 동시에 나를 작게 만들었다.

내 길을 자연스럽게 걸어가다가 기회를 만나면 자연스레 탑승하고 싶었다. 하지만 방법을 몰랐다. 그저 분주히 무언가를 하는 데만 익숙하다 보니, 어떻게 해야 자연스럽게 기회를 받아들일 수 있을지 알 수 없었다. 그러다 우연히 본 유튜브 숏츠 속 30초 영상이 힌트가 됐다. 유튜버가 고가의 선물을 준비하고 길을 지나가는 사람들에게 랜덤으로 선물을 주려 했다. "행운의 주인공으로 뽑히셨어요!"라며 선물을 건네는데, 요즘 세상에 공짜는 없다는 생각 때문인 것도 있고, 괜히 안 좋은 일에 얽힐까 걱정해서 대부분은 선물을 거절했다. 그렇게 꽤 많은 사람은 받기만 하면 되는 선물을 알아서 피해 갔다. 그러다 마지막 한 사람이 흔쾌히 웃으며 "감사합니다." 하고 선물을 가져갔다. 그는 주는 선물을 온전히 기쁨으로 받았다. 그걸 보며 기회를 잡는 건 '놓치지 않겠다'는 의지로만 되는 게 아니라, 좋은 걸 좋은 줄 알고 편하게 받을 줄 아는 태도가 필요하다는 걸 깨달았다.

대부분은 기회가 와도 스스로 형편, 상황, 능력을 따져보며 웬만하면 거절한다. 좋은지 나쁜지 확실하지 않으면 일단 거절하는 게 편하기 때문이다. 그래서 나는 받는 연습이 필요하다고 생각했다. 누군가 나에게 호의를 베풀거나 좋은 일이 생겼을 때, 그것을 기분 좋게 받아들이는 태도. 좋은 걸 기분 좋게 받아들이면 에너지가 생기고, 그 에너지가 도미노처럼 또 다른 좋은 흐름을 만들어낸다고 믿는다.

나쁜 일에는 금세 빠져들고, 부정적으로 생각하는 건 훨씬 쉽다. 하지만 좋은 흐름은 내가 느끼고 행동해야만 만들어진다. 그냥 긍정적으로 생각한다고 되는 게 아니다. 그래서 즐거움을 즐거움으로, 호의를 호의로 받아들이는 태도가 필요하다. 그래야 작은 기쁨도 큰 기쁨도 온전히 느끼고 즐길 수 있다. 그 과정에서 모순처럼 보이지만 오히려 유연한 단단함이 생긴다고 믿는다. 좋은 것을 있는 그대로 받아들이며 생기는 기쁨과 호의는 유연하고 유쾌한 단단함을 만들어주고, 그 단단함이 인생에서 기회를 더 쉽게 잡게 하며 내 속도대로 갈 수 있도록 도와준다고 나는 믿는다.

나의 기본기는 흔들려도 괜찮은 자신만의 기준과 태도를 만드는 과정이다. 작은 기쁨과 기회를 온전히 느끼고 받아들일 수 있는 마음을 기르는 것, 그것이 결국 내 삶을 더 단단하고 산뜻하게 만들어준다.

**"당신에게 묻고 싶다.
인생의 즐거움을 진심으로 받아들이고 있는가?"**

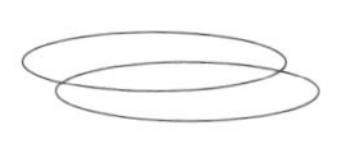

최선보다 더 중요한 것은
: 스스로 바닥을 찍지 않는 것

사람들은 성실하고 꾸준히, 그럼에도 불구하고 해내는 사람을 존경한다. 매일 일어나 물 한 컵 마시는 작은 일이어도, 의식하지 않으면 지속하는 것은 어렵다. 그래서 모두 노력하지만, 그것이 쉽지 않기에 꾸준히 해내는 사람들을 동경하게 된다. 나 역시 그랬다. 하지만 곧 꾸준함만으로는 원하는 인생을 만들 수 없다는 것을 깨달았다.

최선을 다해 최고를 향해 나아가는 그 노력과 과정은 소중하다. 결과를 막론하고 그 과정에서 몰랐던 자신을 발견할 수 있는 기회가 되니까. 하지만 나는 최선을 다하는 것만이 '원하는 인생'으로 가는 길이 아니라고 믿는다. 우리는 누군가의 기준에 맞춰 숙제를 하듯 사는 것이 아니라, 각자 인생이라는 긴 마라톤을 뛰는 사람들이다. 마라톤에서는 페이스 조절이 중요하고, 아예 포기해버리는 상황을 만들지 않는 것이 핵심이다.

그러려면 최선을 목표로 하기 전에, 내가 완전히 무너지는 최악의 순간을 방지하는 것이 먼저 필요하다.

의지는 체력에 달려 있고, 체력은 환경에 달려 있으며, 이 모든 것은 서로 상호작용하기 때문이다. 하루에 더 많은 성과를 내고 싶을수록 '효율'이란 단어가 먼저 떠오른다. 하지만 성과를 이어가기 위해서는 결국 몸의 에너지 관리와 컨디션 유지가 기본 중의 기본이다. 하지만 컨디션을 유지하는 가장 큰 이유는, 최선을 향해 달리기보다 최악으로 떨어지지 않기 위해서다.

컨디션이 안 좋을 때는 상황이 훨씬 어려워진다. 작은 도전조차 싫어지고, 평소 같으면 쉽게 할 수 있는 일조차 버겁게 느껴진다. 집중력은 바닥을 치고, 기분은 급격히 가라앉으며, '이거라도 하자'라는 마음마저 사라진다. 평소 같으면 작은 행동이라도 하면서 기운을 끌어올리려 했겠지만, 그조차도 지겹게 느껴진다.

나의 최악의 순간 중 하나는 새 신을 신고 8시간 이상을 걸어 다녔던 날이다. 해야 할 일과 만남이 이어졌다. 새 신을 신고 하루 종일 걸을 수밖에 없었다. 집에 돌아왔을 때는 발바닥이 불에 덴 것처럼 아팠고, 몸은 완전히 방전돼 아무것도 할 수 없었다.

그날은 정말로 모든 걸 다 때려치우고 싶었다. 그간의 노력도, 앞으로의 목표도 아무 의미 없이 느껴졌고, 그냥 아무것도 하고 싶지 않았다. 극심한 짜증만 남았고, 그 순간 내 머릿속엔 욕뿐이었다. 단순히 불편한 신발로 보낸 하루였지만, 내게는 최악의 상황이었다. 최악의 상황일 땐 목표도, 꿈도, 그간의 노력도 아무 의미 없다는 걸 느끼는 내 모습이 싫었다. 하지만 아무것도 할 수 없었다. 이 경험을 통해 깨달았다. 나를 불편하게 만드는 작은 것들이 단순히 하루의 계획을 망치는 것이 아니라, 내 꿈과 목표마저 한순간에 무너뜨릴 수 있다는 것을. 이후 나는 일정이 길거나 몸을 많이 써야 하는 날에는 반드시 편한 신발을 신기로 했다. 이렇게 작은 선택 하나로도 최악의 상황을 방지할 수 있다는 걸 배웠다.

나는 최선을 다하고 최고를 추구하는 것은 분명 중요하다고 생각한다. 하지만 그보다 더 중요한 것은 내가 바닥을 찍는 것을 방지하는 것이라는 걸 알게 됐다. 여기서 말하는 바닥은 몸과 마음이 완전히 무너져 아무것도 이어갈 수 없는 상태를 의미한다. 사람은 아무리 이성적으로 계획하고 노력하더라도 결국 감정에 크게 흔들린다. 한 번 바닥까지 떨어지면, 지금까지 쌓아온 모든 노력과 목표는 무의미해지고 다시 시작할 기운조차 사라질 수 있다. 최악에 빠지면 작은 휴식으로는 쉽게 회복할 수 없고, 몸과 마음을 다시 일으키는 데 오랜 시간이 필요하다. 그래서 나는 최악에 빠지지 않도록 환경을 세팅하고, 감정적으로 무너지지 않도록 관리하는 것이야말로 성실함과 성장의 지속성을 지키는 핵심이라고 믿는다.

정신적으로도 마찬가지다. 나는 머릿속에서 '해야 한다'는 의무감을 스스로에게 세뇌하듯 반복하며 몰아세운 적이 많았다. 너무 간절할수록 목표는 더 멀어졌다. 하라면 하기 싫어졌고, 붙잡으려 할수록 멀어졌다.

잡히지 않는 목표를 붙잡으려 애쓰는 동안 정신적으로 고갈되고 소진되는 과정을 겪었다. 스스로를 몰아세우면 행동을 강제하는 데는 도움이 되지만, 어느 순간 목표는 오히려 나에게서 멀어진다. 그 순간이 반복되면 점점 더 힘에 부치게 되고, 정신적으로 바닥에 떨어지는 느낌이 든다.

그래서 나는 스스로에게 무엇을 얼마나 요구하고 있는지, 그 요구를 어떻게 심고 있는지 살펴보는 것이 정말 중요하다고 생각한다. 내가 나에게 심은 기대와 압박을 알면, 나를 조급하게 만드는 마음을 완화하고 최악을 예방할 수 있다.

몸이 편하다고 해서 정신이 소진되지 않는다는 법은 없다. 시원한 곳에 앉아 있어도 머릿속이 폭주하듯 돌아가면 정신은 끝없이 피로해진다. 이런 이유로 나는 하루, 일주일, 한 달 단위로 내 플로우를 점검하고, 몸과 마음의 에너지와 감정 흐름을 살핀다.

내가 언제 최악으로 빠지기 쉬운지 알고 있다면, 설령 빠졌더라도 금방 빠져나올 수 있다. 나의 기본기를 만들어가는 과정에서 최악을 관리하는 것이 중요한 이유는, 기본기란 한순간에 완성되는 것이 아니기 때문이다. 기본기란 흔들려도 괜찮은 나만의 기준과 태도를 스스로 세워가는 과정이며, 단기적으로 끝나는 것이 아니라 긴 시간 동안 쌓이고 다듬어져야 한다. 이 과정에서 최악을 만날 수도 있다. 중요한 것은 최악의 늪에 빠지지 않도록 환경을 만드는 것이다. 설령 빠지더라도 그 사실을 알고 있으면 빠르게 대처할 수 있다.

사실 몸과 마음이 최악으로 빠졌는데 흔들리지 않는다는 것은 불가능하다. 다만 그 사실을 알고 있으면, 흔들린 상태에서도 금방 돌아올 수 있는 힘을 가질 수 있다. 결국 최악을 방지하는 것이야말로 나의 기본기를 단단히 만드는 과정이다. 최악을 피하려는 노력은 내가 흔들려도 다시 돌아올 수 있는 힘을 키워주고, 흔들리는 상황에서도 나를 지키게 한다.

**"오늘 하루, 최선을 다했는지를 묻기 전에 이렇게 물어보자.
나는 나의 바닥을 단단하게 지켜줬는가."**

당신에게 여유가 빠져버린 이유
: 조급함, 그리고 여유의 의미

전자레인지 30초도 기다리질 못한다. '삐삐삐' 소리가 나기 전 어김 없이 문을 연다.

몇 초의 시간을 기다리는 것에도 나의 조급함이 드러난다. 내가 원하는 인생은 여유 있는 태도로 우아한 일상을 보내는 것인데, 현실은 조급함으로 빨빨거리기 바쁘다.

나는 순간의 지루함을 못 참을 때가 있다. 특히 지하철을 기다릴 때가 그렇다. 배차 간격이 짧아 오래 기다리지 않아도 되는 지하철에서도 막상 몇 분이 남았다는 안내를 보면, 그 시간이 지겨워 미칠 것만 같았다. 고작 3분 정도 기다리는 시간에 미칠 것 같다는 기분이 들다니, 어지간히 참을성이 없다. 어디엔가 빠르게 도착해야 하는 것도, 급하게 해결할 일도 없음에도 나의 행동은 똥 마려운 강아지마냥 초조했다.

시간은 내가 마음먹는다고 빨라지지도, 늦춰지지도 않는데 괜히 왜 스스로의 마음만 불편하게 만드는 것일까.

나는 시간을 견디지 못하는 내 모습에서 원하는 삶과 점점 멀어지고 있음을 직감했다. 내가 바라는 삶은 중심이 단단히 자리 잡힌, 흔들림을 우아함으로 승화하는 갈대 같은 모습이다. 하지만 현실은 내 뿌리가 뽑히는 것도 아닌데, 뿌리가 날아갈까 봐 붙잡고 있는 것 같았다. 뿌리가 흔들리지 않게 부여잡으며 바람이 더 세차게 부나 안 부나 쳐다보는 꼴이라 '여유'라는 느낌은 찾아볼 수가 없다. 갈대를 동경하지만 동경에서 끝나는 내 모습은 변화할 수 있을까.

경제적 자유를 얻어 원하는 걸 하고 여유롭게 사는 것을 꿈꾼다. 진정한 여유는 돈 걱정 없이 '하고 싶은 것'만 생각할 수 있는 게 아닐까 싶다. 하지만 내게 차고 넘치는 돈이 있다면, 과연 나는 정말 여유로울 수 있을까? 실제로 돈이 넘치지 않으니 상상에 그칠 뿐이고, 나는 여유 있는 척만 하며 진짜 여유롭지는 못할 것 같다. 결국 사람은 쉽게 변하지 않기 때문이다.

돈과 환경이 주는 여유도 분명하지만, 나는 시간을 어떻게 인식하느냐가 여유와 직결된다고 믿는다. 시간은 세상에서 모두에게 공평하게 주어진 것이기 때문이다. 내가 시간을 예민하게 생각하게 된 이유도 이 공평함 때문이다. 누구를 이기기 위해서라기보다는, 주어진 시간 안에서 내가 원하는 모습으로 살아가기 위해 시간을 어떻게 보낼지가 중요하다고 생각했다.

하지만 지루함과 이 답답함이 조금이라도 섞이면, 소중했던 시간을 금세 빨리 털어내고 싶은 숙제처럼 변해버린다. 시간은 그저 흐를 뿐인데, 나의 시선과 태도가 시간의 가치를 바꾼다. 여유와 조급함은 결국 시간을 바라보는 내 시선에서 비롯된다. 하지만 알면서도 나는 같은 초조함을 반복하곤 한다.

여유롭기 위해서 조급하지 말아야 한다는 당연한 말은 아는데, 잘 안 되는 이유는 무엇일까. 우리에게는 무적의 청개구리 정신이 있다. 하지 말자 하면 더 하고 싶어지고, 하자고 하면 괜히 마음이 멀어지는 그 마음 말이다. 그래서 "조급해하지 말자."고 스스로를 다그치는 방식이 아니라, 왜 내가 조급한지 그 마음을 들여다보는 것이 필요하다고 느꼈다. 여유를 위해 조건을 달성해야 한다고 정의하면, 여유는 점점 멀어진다. "여유롭게 살려면 이만큼 벌어야 하고, 어느 정도 자유 시간이 있어야 한다."처럼 타이트하게 규정할수록, 여유는 달성해야만 얻는 것이 되어버린다.

오히려 마음이 급하고 참을 수 없을 때 그 마음을 살펴보고, 조금이라도 누그러뜨릴 방법을 찾는 게 필요하다. 내가 왜 이러지? 뭐가 문제일까? 하고 스스로를 몰아세우기보다는 "지금 내가 지루하고 조급하구나, 그래서 답답하구나."라고 인정해주고, 그 상황에서 에너지가 가장 덜 들고, 가장 편안한 선택을 찾는 것이다. 여유를 만들기 위해서가 아니라 지금의 나를 안정시켜주기 위함이다.

만약 무한한 자유 시간이 생긴다면, 나는 오히려 질식할 것 같다. 제한된 시간 속에서 조급함이 생기는 건 자연스럽다. 하지만 조급하다고 해서 뭔가를 빨리 처리한다고 해서 여유가 생기진 않는다. 그러면 '여유'라는 모습은 하나의 모습을 갖고 있지 않는 게 아닐까? 다양한 형태와 의미를 가지고 있지만 우리는 한 가지 모습으로 여유를 보고 있을 수도 있다.

휴양지에서 모히또를 마시는 모습만이 여유라고 생각하면 일상에서 그 여유는 너무 멀어진다. 반대로 일상의 작은 쉼만을 여유라고 국한하면, 여유가 너무 협소해진다. 일상이든 특별한 날이든, 여유의 이미지를 다양하게 가져야 일상 속에서도 더 편안하게 여유를 누릴 수 있다고 생각한다. 커피숍에서 한 잔을 즐기는 것도, 주말 오후를 텅 비우며 시간을 보내는 것도, 갖고 싶은 고가 선물을 사는 것도 나에게는 소중한 여유다. 여유의 의미를 확장해서 다양한 관점으로 바라보면, 여유에 다가가는 마음도 훨씬 편해진다. 여유가 한 가지 모습으로 나타나는 것이 아니기 때문이다.

이런 생각을 정리하게 된 계기 중 하나는 둘레길이었다. 서울 둘레길에는 구간마다 스탬프를 찍을 수 있는데, 산에 갔다가 둘레길 표식을 보고 처음 알게 되었다. 둘레길이 마음에 들었던 건 목표와 길이 명확하다는 점이었다. 길이 정해져 있어 표시만 따라가면 되고, 어디까지 가야 할지도 분명하다. 둘레길을 걷다 보니, 내 인생도 누가 가야 할 길을 표시해주면 좋겠다는 생각이 들었다.

하지만 둘레길이라는 이름처럼 정말 둘러간다. 직선으로는 20분이면 도착할 길을 2시간 넘게 돌아서 가야 한다. 처음 시작할 땐 비효율적인 짓을 내가 왜 하고 있나 싶어 현타가 왔었다. 나는 둘레길 스탬프를 찍고 싶어서일까. 둘레길 표시 마크가 주는 안정감 때문일까… 온갖 생각과 투덜거림을 견디며 계속 둘레길을 걸었다. 걷는 것과 생각하는 것 외에는 딱히 할 게 없었기에, 둘레길이 내게 전해주는 메시지에 대해 생각할 수밖에 없었다. 나는 더 빠른 길이 있다는 것도, 굳이 걸어서 갈 필요도 없다는 것도 알면서도 이 선택을 한 이유를 곱씹었다. 그리고 나는 이 시간 속에서 여유를 발견하고 싶었음을 느꼈다.

여러 선택지가 있었음에도 일부러 멀리 돌아가는 이 여정은, 둘러가도 결국 도착지에는 닿는다는 사실을 알려주었다. 이런저런 공상과 계획들이 범벅이 된 머릿속은 걷다 보면 어느새 자연이 내게 들어왔고, 그 과정 자체가 나에게 여유였다. 여유를 찾는 데 효율적인 방법이 있을 수도 있겠지만, 나는 그 길을 택하고 싶지 않았다. 여유와 효율은 어울리지 않는 조합처럼 느껴졌다. 둘레길을 걸으며 나는 둘러가는 선택이 여유를 만든다는 새로운 정의를 얻었다. 이 경험은 내 안의 조급함을 들여다볼 기회를 만들어주었고, 그때부터 조급함은 단순히 억눌러야 할 감정이 아니라 내가 나를 이해할 수 있는 신호라고 생각하게 되었다.

나는 조급함을 나에게 주는 신호라고 생각한다. 이 신호를 잘 알아차리면, 내가 뭘 원하는지, 어떤 감정 상태인지, 내 마음이 내게 뭘 요구하는지를 알 수 있다. 이 과정을 통해 내가 바라는 여유를 더 잘 찾을 수 있다고 믿는다.

자신만의 여유를 탐색하는 일은 '나'라는 기본기를 포기하지 않고 지속하게 만드는 힘을 준다. 우리는 삶을 숙제처럼 살고 싶어하지 않는다. 원하는 삶을 살고, 꿈을 이루고, 친절하고 따뜻한 사람이 되고 싶어한다. 하지만 그 과정엔 실망, 슬픔, 화, 당황스러움 같은 부정적인 일들도 함께한다. 그 모든 걸 하나의 과정으로 보려면 여유가 필요하다. 여유는 한 발 물러서서 상황을 바라보게 하는 힘이다. 흔들릴 때마다 조급함이 보내는 마음의 신호를 알아차리고, 원하는 삶을 이어가길 바란다. 흔들림 속에서도 자신을 믿고 원하는 삶을 이어갈 수 있기를 바란다. 여유를 다양한 모습으로 바라보고, 조급함이 속삭이는 마음의 소리를 알아차릴 수 있기를.

**"당신에게 여유는 무엇인가?
그 여유 속에서 당신은 어떠한가."**

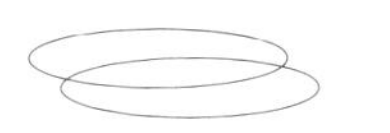

통제에 끌리는 나, 놓고 싶은 나
: 통제와 절제 사이에서 중심 잡기

"뭔데 이래라저래라야? 하지만 누군가 이래라저래라 해줬으면 좋겠는 마음이 솔직한 심정이다."

우리는 이중적인 존재다. 통제받는 걸 싫어하지만, 막상 삶이 막막해질 때는 누군가 이래라 저래라 해주길 바란다. 특히 잘하고 싶은 마음이 크고 기대가 높을수록 통제하고 싶은 욕구는 더 커진다. 완벽한 환경에서 시작하고 싶고, 돌발 상황이 생겨도 보완할 수 있는 상황에 놓이고 싶다. 그렇지 않으면 불안감은 커지고, 못난 사람으로 보일까 두려움이 커진다.

흔히 "유일하게 통제할 수 있는 것은 나 자신뿐이다."라고 말한다. 언뜻 들으면 그럴듯하다. 자신을 잘 통제할 줄 알아야 멋지게 살 수 있을 것 같다. 하지만 막상 시도해보면 자기 자신을 다스리는 일조차 쉽지 않다. 자세히 들여다보면 통제라는 단어는 기본적으로 억누름의 느낌을 갖고 있다. 통제를 하려 할수록 오히려 통제가 안 되는 상황이 반복된다.

통제에는 권위가 숨어 있다. 예컨대 "내가 시장이야.", "내가 누군지 알아." 하며 권위를 부릴 때면, 니가 뭔데?라는 말과 함께 반발심이 치고 올라온다. 사람들은 이런 타인의 권위에는 민감하지만, 정작 스스로를 통제할 때는 자신에게 권위를 부린다는 사실을 인식하지 못한다. 스스로에게 "이래라저래라." 명령하며 기준과 규칙을 쌓아가고, 보이지 않는 투명 상자 안에 자신을 가둔다. 그 안은 답답한데도, 이상하게 편하다고 느끼게 된다.

왜 사람은 이렇게 스스로를 통제하려 할까? 내 경험상, 내가 나를 어찌할 수 없을 때 통제욕이 커졌다. 불안을 달래기 위해 끝없이 투두리스트를 만들고, 잃을 것도 없는데 뭔가를 잃을까 봐 초조해했다. 20대에는 가진 것도 없는데, 오히려 나를 더 꽉 조이고 통제했다. 이런 초조함은 마음을 보호하고 싶다는 본능으로 통제하려는 형태로 올라왔다. 하지만 그 통제는 잠깐의 안정감을 주는 듯해도, 결국 나를 괴롭히는 굴레였다.

그래서 스스로에게 질문을 던질 때도 답이 이미 정해져 있는 경우가 많았다. "넌 뭘 좋아해?"라고 물으면, 그냥 "영화 보는 것 좋아해"라고 솔직히 말하면 되는데 대답은 늘 "영화 보는 것 좋아하긴 하는데, 영어 공부해야 할 것 같아" 쪽으로 흘렀다. 묻는 말에만 대답하면 되는데, 꼭 '해야 한다'는 말을 덧붙이고 만다.

이렇게 스스로에게 질문해도 결국 '뭘 해야 한다'는 명령으로 돌아왔다. 그래서 내 선택은 점점 의무감과 불안으로 이어졌다. 해야 할 것과 하지 말아야 할 것을 끊임없이 구분하고, 따르고, 지치고, 불안해하고,

답답해하는 루프가 돌아갔다.

인간은 불안을 먹고 산다고 생각한다. 충분한 에너지가 있을 때는 불안이 원동력이 되기도 한다. 하지만 에너지가 약할 때는 불안이 나를 갉아먹는다. 그리고 다시 '해야 한다'로 이어지고, 통제의 그림자가 내 머리 위에 드리운다. 나는 다이어리에 "숙제처럼 살고 싶지 않다."고 수도 없이 적었다. 그만큼 스스로에게 많은 것을 요구했고, 그 요구를 이루기 위해 주변 환경을 통제하며 내 이미지를 만들어가려 했다.

나는 아무도 요구하지 않은 것들을 스스로에게 쏟아붓듯 요구하며 환경과 이미지를 통제하고 있었다. 나는 종교가 없기도 하고, 내가 왜 태어났는지에 대한 의문을 든 적이 없었다. 그냥 태어난 건 알겠는데, 어떻게 살아갈 건지가 궁금했다. 무의미에서 어떤 의미를 각자가 가지고 관 뚜껑을 닫으며 평온해할 건지 그게 나는 궁금했다. 그래서 삶에 주어진 의미를 찾기보다는, 어떻게 살아갈 것인가의 답을 찾고자 꽤나 치열했다. 인생에 주어진 의미는 없다. 사람은 태어나서 의미를 만들어가며 살아가는 존재인데, 나는 의미를 만들기 위해서가 아니라 숙제를 끝내듯 살고 있었다. 숙제하듯 살지 않고, 재미있게 살 수는 없을까.

의미를 만드는 과정이 숙제처럼 느껴지면, 삶은 재미가 없어졌다. 재미있게 살고 싶다면 내 상황과 목적, 가치를 기준으로 선택하며 균형을 찾는 절제가 필요하다는 걸 깨달았다. 절제는 상황을 받아들이고, 내가 선택할 수 있게 한다.

통제는 정해놓은 규칙 안에 나를 묶어두지만, 절제는 경험 속에서 나를 알아가며 선택할 수 있도록 돕는다. 예를 들어 운동장에서 열 바퀴를 목표로 했다면, 통제는 무조건 열 바퀴를 채우게 하고, 절제는 컨디션을 고려해 다섯 바퀴만 선택할 수 있게 한다. 이 허용의 과정에서 여유가 생기고, 그 여유는 삶을 재미있게 만드는 원동력이 된다.

절제는 통제보다 더 많은 책임을 요구한다. 통제가 두려움에 따라 명령을 따르게 한다면, 절제는 내가 선택하고 그 결과를 책임지게 한다. 의식적으로 멈출 수 있는 사람이 중심을 잡는다. 컨디션이 좋아 많은 일을 해낼 수 있어도, 지속 가능성을 생각해 적당히 멈출 수 있는 것. 그게 절제다. 절제는 내 호흡을 유지할 수 있도록 돕는 장치다.

내게 절제는 수면 습관에서 나타난다. 밤에 자기 전 4시간 전에는 아무것도 먹지 않으려 한다. 수면의 질이 내 행복과 에너지를 좌우하기 때문이다. 야식을 먹고 나면 다음 날 리듬이 꼬이고, 하루가 괜히 불만족스러워진다. "야식 안 먹어야지."라고 통제로 해결하려 하면 실패가 반복된다. 하지만 수면이라는 가치와 연결해 "내일을 위해 야식을 피하자."고 선택하면 절제가 된다. 절제는 가치와 연결되어야 지속 가능하고, 의미 있는 선택이 된다.

나의 기본기는 다양한 경험과 성찰 과정을 통해 쌓인다. 통제에 갇히면 새로운 시도를 하기 어렵고, 흔들려도 괜찮은 나를 만들어가기 힘들다. 절제는 기본기를 만드는 데 유연함과 안정감, 그리고 현재의 나를 받아들이는 데 도움을 준다. 새로운 시도를 하더라도 내 상황과 목적, 가치 기준으로 선택하며 균형을 찾아가는 것, 그것이 절제다.

결국 절제는 흔들려도 나답게 살아가게 하고, 의미를 스스로 만들어 갈 수 있는 힘이 된다.

"지금 통제적인 삶을 살고 있는가, 절제하는 삶을 살고 있는가?
어떤 이유로 그 선택을 하고 있는가?"

Part.3

나의 환경

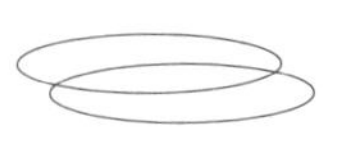

나에게 나의 기본기란
: 결국 내게 필요한 것을 주는 것

솔직히 고백하자면, 이 글을 시작하고 한동안은 내가 말하는 기본기가 정확히 무엇인지 알지 못했다. 그저 나답게 사는 게 무엇인지 알고 싶었고, 삶의 무게 중심을 남이 아닌 나에게 두고 싶었으며, 흔들려도 괜찮고 싶었다. 그런 마음은 나만의 '땅', '갈대', '베이스캠프' 같은 단어로 표현하였다. 기본기라는 말이 추상적으로 느껴졌기에, 나는 떠오르는 장면들을 최대한 이미지로 옮기며 기본기의 모습을 그려 나갔다.

기본기의 이미지는 여러 모습으로 나타났지만, 단단한 뿌리를 가진 갈대처럼 흔들리면서도 꺾이지 않는 모습이 가장 나의 기본기와 닮아 있다. 갈대라는 이미지 속에서 나는 기본기가 '흔들리지 않는 상태'가 아니라, 흔들림 속에서도 다시 중심을 찾을 수 있는 힘이라는 사실을 천천히 이해해 갔다.

기본기를 만든다는 것은 흔들림 속에서도 방향을 잃지 않으려 내 안의 중심을 잡아 가는 일이다. 이는 손잡이 없는 외발자전거를 타는 순간과 닮아 있다. 중심을 잡았다가도 금세 기울고, 또다시 균형을 바로 잡아 앞으로 나아가는 그 미세한 움직임들. 완전히 고정된 중심이 아니라, 움직이는 동안 계속 다시 잡히는 중심이다. 이렇게 겉으로 잘 드러나지 않는 작은 흔들림도 계속 바로잡다 보면 자연스럽게 중심을 잡는 감이 생긴다.

시간이 지나면 지금의 나에게 필요한 '땅의 모양'도 달라진다. 그래서 어느 순간에는 내 중심을 다시 살피고, 지금의 나에게 맞게 기본기를 조정하는 일이 필요해진다. 이런 시간을 쌓다 보면, 강한 바람이 불어도 중심을 잃지 않고 머물 수 있는 내 집 같은 평온함을 만나게 된다.

기본기는 누군가의 공식을 따라 한다고 완성되는 것이 아니다. 다른 사람의 방식을 참고할 수는 있지만, 결국에는 자신의 속도와 감각에 맞춰 다듬어 가야 한다. 루틴, 태도, 생활습관은 기본기를 이루는 중요한 요소이지만 어느 하나만으로 충분하지 않다. 이 요소들은 집을 짓기 전 땅을 고르고 단단하게 다지는 과정처럼, 기본기를 지탱하는 바탕이 된다. 기반이 단단해야 원하는 방향으로 걸어갈 때 덜 흔들린다.

살다 보면 "어쩔 수 없지."라고 받아들여야 하는 순간이 있다. 그러나 기본기를 다져 가는 과정에서는 선택의 힘이 조금씩 생긴다. 상황에 떠밀리는 대신, 지금 내게 필요한 것을 스스로 선택할 수 있게 된다. 아주 작은 차이처럼 보이지만, 그 미세한 선택이 삶의 흐름을 크게 바꾼다.

생각해 보면, 기본기는 그저 하루를 살아내는 방식, 무엇을 가까이 두고 무엇을 멀리하는지, 나를 어떤 환경에 두고 살아가는지 같은 아주 작은 선택들에서 드러난다. 그런 선택들이 쌓일 때 비로소 내가 어떤 환경 속에서 안정되고, 어디에서 흐트러지는 사람인지 더 분명하게 보인다.

나를 지탱하는 환경과 시스템 만들기
: 무엇이 나에게 영향을 주는가

내가 가장 싫어하고 자존심 상했던 말은 "멘탈이 약하다."였다. 어린 시절부터 "자신감이 없어 보인다."는 말을 자주 들었고, 나 스스로도 나를 어찌해야 할지 몰랐던 순간들이 많았다. 부족한 것이 없는데도 늘 부족하다고 느꼈고, '필요한 것을 다 가지고 있으니 감사해야 한다'는 강박 속에서 살았다. 그러다 보니 '어떤 기준만큼은 해내야 한다'는 생각으로 가득 찼다. 그 기준이 어디인지조차 모르면서, 더듬더듬 주변을 살피며 "이 정도면 되겠지."라는 기준선을 찾아갔다.

이런 불안은 더 큰 불안의 파도인 스타트업계로 나를 이끌었다. 회사 한 번 크게 키워보겠다는 포부 따위는 없었다. 그저 나를 필요로 해주는 곳, 그리고 그동안 많은 시간을 쏟아온 언어를 쓸 수 있는 곳이면 됐다. 그곳에서 나는 잠시 불안을 잊을 수 있었다. 무엇이든 하지 않으면 내 월급이 나오지 않았기에, 온갖 크고 작은 파도를 견뎌야 했다. 사실 내 회사도 아니었지만, 그만두는 게 '멘탈이 약해서'인 것처럼 느껴져 선뜻 포기하지 못했다. 그렇게 버티고 또 버텼다.

그러다 보니 회사는 조금씩 상황이 나아져 '구조'라는 것이 생기고, 추가 채용도 할 수 있게 됐다. 그 경험은 또 다른 스타트업의 여정으로 이어졌지만, 결국 과로로 한쪽 팔이 마비되었고, 일을 멈출 수밖에 없었다.

"왜 늘 이렇게 힘들까?"라는 질문을 던졌지만, 아이러니하게도 나는 늘 힘들 수밖에 없는 환경에 있었다. 무언가를 계속 해내겠다는 의지는 있었지만, 그 의지가 오래 버틸 수 있는 환경은 내게 없었다. 젊은 혈기로 밀어붙이기만 했지, 지속 가능한 방식으로 나를 운영하지는 않았다.

그때 떠오른 생각이 있었다.

"나를 회사처럼 운영해본다면 어떨까?"

회사에는 시스템과 구조가 있다. 그래서 여러 이슈가 있어도 결국 굴러간다. 이 생각은 나를, 그리고 나를 둘러싼 환경을 구조적으로 바라보게 만들어주었다.

의지와 몸, 둘 다 한정된 배터리를 가지고 있다. 노력으로 배터리의 용량을 키울 수는 있지만, 결국 일정 시간이 지나면 소진되기 마련이다. 그래서 나는 더 강한 정신력이나 지치지 않는 체력을 만들려고 애쓰기보다, 나를 지탱하는 환경과 시스템을 설계하는 데 초점을 두는 것이 필요하다고 느꼈다. 의지와 몸이라는 한정된 자원에만 기대기보다, 원하는 삶을 살 수 있도록 돕는 지속 가능한 환경을 만들면 불필요한 에너지 낭비를 줄이고, 내가 가진 에너지를 가장 필요한 곳에 쓸 수 있기 때문이다.

이것은 단순한 결심이 아니라, 여러 연구가 뒷받침하는 관점이다. 습관 이론의 대표 저자 제임스 클리어(James Clear)는 "의지는 환경을 이기기 어렵다."고 말한다. 좋은 습관도, 원하는 방향으로 나아가는 힘도 결국 환경 설계에서 비롯된다.

그리고 심리학자 로이 바우마이스터(Roy Baumeister)는 의지력이 근육처럼 소모되는 자원이라고 했다. 결정을 내리고, 참아내고, 감정을 눌러둘 때마다 에너지가 빠져나간다. 그래서 의지를 다지는 것보다, 결정과 자제력이 덜 드는 환경을 만드는 것이 더 효과적이라고 한다.

결국 많은 연구들이 인간은 의지로만 버티도록 설계된 존재가 아님을 말한다. 그래서 나는 의지나 체력을 탓하기보다, 환경이 생각을 만들고 구조가 지속성을 만든다는 관점이 필요하다고 느꼈다.

기본기를 만드는 것은 무엇보다 시간의 쌓임이 필요하고, 그 흐름에 따라 조정과 변화가 반복된다. 그 조정과 변화에 필요한 것이 바로 나에게 맞는 환경을 구축하는 일이다.

이를 위해 지금의 환경을 돌아보고, 무엇을 버리고 덜어내며 새로 더할지를 점검해야 한다. 그리고 우선, 나의 기본기를 위한 환경을 만드는 데 가장 먼저 필요한 내면 환경, 즉 '마인드'부터 살펴보려 한다.

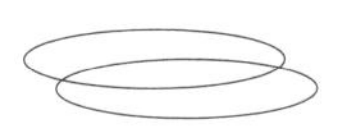

내면 환경 구축하기

기본기를 만드는 과정에서 가장 중요한 것은 눈에 보이지 않는 기반, 즉 내면의 환경이다. 나는 한동안 기본기를 '일찍 일어나기'나 '매일 운동하기'처럼 하루를 잘 보내는 방법 정도로만 이해했다. 하지만 아무리 행동을 바꾸려고 애를 써도 결국 오래가지 못했다. 그때의 나는 그냥 '해야 한다'는 생각만 가득했다. 그래서 목표를 세우면 "해야 한다."는 말로 나를 밀어붙였고, 감정을 배제한 채 해야 하는 일에만 집중하다 보니 금방 소진되었고 마음도 텅 빈 것 같았다. 공허함이 밀려오고 나서야 행동이 아니라 마음부터 들여다봐야 한다는 생각이 들었다.

그래서 기본기는 '무엇을 할까'보다 '어떤 마음으로 살아갈까'라는 질문에서 출발해야 한다. 무엇을 하려고 애써 밀어붙이지 않아도, 어떤 마음이 필요한지 알고 있으면 원하는 행동을 선택하고 살아가는 일이 훨씬 수월해지기 때문이다.

기본기는 단순히 행동의 결과물이 아니라 내가 어떤 방식으로 하루를 살아내고 싶은지 결정하는 과정이다. 그래서 나의 마인드와 태도를 구성하는 내면 환경을 잘 세팅하는 것이 필요하다. 내면 환경은 곧 마음의 방향이자 태도를 뜻한다. 회고를 하거나 계획을 세울 때에도 이 마인드를 중심에 두면 조급함 대신 편안함과 발견의 재미를 느낄 수 있다. 마음의 방향이 잡혀 있으면 일상에 변화가 생기더라도 스스로를 다시 맞출 수 있는 힘이 생긴다.

지금 소개할 마인드들은 나의 실패와 시행착오 속에서 만들어졌다. 단단해지려고 애썼지만 정작 '단단함'이 무엇인지 몰라 여러 번 부딪히며 배웠다. 그래서 이 글은 완벽한 답을 제시하기보다 나의 경험을 바탕으로 한 마음의 방향 제안서에 가깝다.

이제 소개할 다섯 가지 마인드는 '기본기를 세우는 내면의 환경'을 구성하는 중요한 축이다. 다만 이것은 정답처럼 고정된 것이 아니기에 각자의 삶과 언어 속에서 다시 정의되고 다듬어질 필요가 있다. 이 글이 당신만의 기준을 세우는 데 작은 불씨가 되길 바란다.

1. 자기 탐구

자신을 분석의 대상이 아니라 탐구의 대상으로 바라보는 자세가 필요하다. 우리는 자신이 궁금해 사주나 MBTI, 각종 심리 검사를 찾아본다. 물론 호기심을 채우고, 또 자신을 객관적으로 바라보는 건 나쁘지 않다. 문제는 나를 분석적으로만 보려는 데 있다.

기본기를 만들려 할 때도 우리는 지금의 내가 어떤 사람인지부터 알려고 한다. 그러다 보면 자연스럽게 나를 분석하는 쪽으로 기울어진다. 내가 어떤 사람인지 무 자르듯 딱 떨어졌으면 좋겠지만, '나'라는 존재는 그렇게 단순하지 않다. 아무리 분석해도 그때는 "맞는 것 같다." 싶다가도, 시간이 지나면 또 "아닌 것 같아." 하는 마음이 올라온다. 분석 도구는 일정한 주기로 활용하되, 더 중요한 건 '나는 어떤 사람일까?'라는 순수한 호기심을 유지하는 것이다.

호기심은 지금 이 순간 내가 느끼는 감정과 반응에 집중하는 힘이다. 하루 중 에너지가 가장 낮아지는 시간이나 기분이 미세하게 바뀌는 순간을 가볍게 관찰해 보자. '오늘 왜 불편한 마음이 들까?'라는 질문에 바로 답을 찾으려 하기보다, 그 불편한 감각 속에 잠시 머무는 것도 탐구의 한 방식이다. 이때 중요한 건 '왜 그런지'를 분석하려는 게 아니라, '지금 내가 느끼는 게 뭔지'를 알아차리는 것이다.

무엇을 좋아하는지 바로 답을 내기보다는, 좋아하는 것들, 그리고 좋아할 것 같은 것들을 적어보고 직접 경험해 보는 것도 좋다. 분석이 나를 규정하려는 시도라면, 탐구는 나와 함께 머무르려는 태도에 가깝다. 그래서 기본기는 한 번 정해두고 지켜야 할 규칙이 아니라, 지금의 나를 기준으로 계속 조정되는 기준에 가깝다. 나를 분석한 자료는 그 시점의 나를 담은 스냅샷일 뿐, 변해 가는 나를 알아차리려면 탐구의 시선이 필요하다.

자기 탐구는 거창한 여정이 아니다. 이미 일상 곳곳에 흩어져 있는 나의 흔적을 다시 바라보는 일이다. 카페에서 무심코 고른 자리, 자주 걷는 길, 반복해서 읽게 되는 문장들에도 나의 마음이 드러난다. 결국 자기 탐구란 익숙한 나를 다르게 보는 연습이다. 그 연습이 쌓일수록, 나는 조금 더 나다워진다. 기본기는 외부가 아닌 나를 탐구하며 발견한 내 안의 기준 위에서 자라기 때문이다.

2. 유연함

유연한 사고는 도대체 무엇일까? 인생은 계획대로 되지 않는다는 사실을 받아들이고, 망쳐진 계획을 수습하는 일일까? 인생은 언제나 예상 밖의 변수로 가득하다. 그 변수들에만 집중하면 스스로 지치기 쉽다. 인생을 문제의 연속이 아니라 '조정의 연속'으로 바라보는 것, 그게 바로 유연함의 시작이다. 문제를 붙잡고 씨름하기보다 흐름을 바꾸거나 시선을 옮길 줄 아는 태도, 그것이 진짜 유연함이다. 그래서 유연함은 문제를 풀어내는 힘이라기보다, 다르게 바라볼 수 있는 힘에 가깝다.

상황이 어긋났을 때 "모든 일은 틀어질 수 있다."고 생각해보면, 어긋남을 변화의 신호로 바라볼 수 있다. 속도를 조정하라는 뜻일 때도 있고, 방향을 바꾸라는 메시지일 때도 있다. 무엇이든 재조정될 수 있다고 바라보는 것이다. 물론 애써 세운 계획이 무너질 때는 짜증스럽고 허무하다. 그러나 단단함은 그런 감정이 없는 상태가 아니라, 그럼에도 불구하고 이 상황을 어떻게 바라볼 것인가를 선택하는 데서 나온다. 결국 중요한 것은 결과가 아니라, 그 상황을 대하는 나의 태도다.

나는 유연함이 연습을 통해 만들어질 수 있다고 믿는다. 하루 계획이 틀어졌을 때 '다시 처음부터 해야지'라고 하기보다 "그럼 지금 흐름에 맞게 조금만 바꿔보자."라고 말해 보는 것. 계획이 어긋나면 멈추기보다, 그 안에서 다시 균형을 잡아 보려는 것이다. 완벽한 답을 찾기보다 일단 해보고, 그 과정에서 필요한 만큼 다듬어 가는 일이 유연함을 기른다. 나의 경우, 계획이 틀어지면 그 상황을 마음속에서 'draft 1', 'test 1' 같은 초안 단계로 다시 정의한다. 그렇게 바라보는 것만으로도 실패한 계획이 아니라 또 다른 시도처럼 느껴진다. 틀어진 순간을 연습 단계로 빠르게 정리하면 마음이 훨씬 가벼워지고, 그 가벼움이 다시 나를 움직이게 한다.

기본기를 만들어 갈 때도 흔들림을 피하기보다 그 안에서 조정하려는 태도가 필요하다. 완벽을 추구하기보다 흐름 속에서 계속 다듬어 가는 과정이 나의 중심감을 느끼게 한다.

3. 단순함

단순함은 사람마다 다르게 다가온다. 나에게는 '보여지는 깔끔함'이 단순함의 시작이었다. 정리된 환경은 복잡한 머리를 정리하도록 자연스레 이끌기 때문이다. 예를 들어, 잘 정돈된 책상은 나를 위해 준비된 환경이 있다는 신호가 되고, 그 자체로 행동력을 높여준다. 그래서 머리가 복잡할수록 보이는 것을 단순하게 정리했다.

이런 단순한 환경을 만들어 가는 것은 나의 기본기를 꾸준히 세우는 데 큰 도움이 된다. 단순한 환경은 그림을 그릴 수 있는 깨끗한 도화지를 준비해 두는 것과 같다. 언제든 원하는 그림을 그리기 시작할 수 있도록 해주기 때문이다. 그렇기에 단순함은 눈에 보이는 질서이자 에너지의 흐름을 정리하는 힘이 된다.

다만 '얼마나 깨끗해야 하는가', '어느 정도가 단정한가'는 사람마다 다르다. 깔끔한 환경이 좋은 건 분명하지만, 그 정도는 각자가 시도해 보면서 자신에게 맞는 단순함의 기준을 찾아가는 것이 좋다. 완벽하게 정돈된 상태를 쫓기보다는, 자신이 숨쉴 수 있는 정도의 여백을 남겨 두는 편이 오래 간다.

그리고 단순함은 환경뿐 아니라 '선택을 단순하게 만드는 것'에서도 시작된다. 매번 '뭐 먹지?'가 걱정된다면 요일별 메뉴가 정해진 구내식당이나 백반집을 이용하는 것도 방법이다. 매주 일요일 저녁에 일주일 치 식단을 미리 정해 두는 방식도 선택 에너지를 아끼는 좋은 방법이다.

또한 '할까? 말까?' 하는 순간엔 동전 던지기로 결정해도 좋다. 그 선택이 나의 방향성에 큰 영향을 주지 않는다면, 깊게 고민하는 대신 빠르게 정하고 움직이면 된다. 대세에 지장 없다면 하든 안 하든 상관없다는 태도, 그 자체가 단순함이다. 이렇게 선택이 가벼워지면 생각도 행동도 자연스레 단순해진다.

이러한 단순함은 쓸데없는 에너지를 덜어내고, 필요한 곳에 힘을 모을 수 있게 해준다. 그러면 하루가 조금 더 균형 있게 흘러가고, 내가 원하는 방향도 자연스럽게 이어진다.

평범하게 사는 일도 결코 평범하지 않다.

인생에 정답이 없다고 말하지만, 우리는 모두 마음속에 각자의 '답'을 두고 사는 듯하다. '그저 평범하게 살고 싶다'고 말하지만, 그 평범함의 기준조차 사람마다 다르다. 결국 우리는 비교하며 살아간다. "이 정도면 평균인가?"를 검색하고, 남들과 비슷하게 살고 있는지 확인하면서 말이다.

하루하루 열심히 살아도, 내가 삶을 이끌어 간다기보다 남들 사는 만큼 따라 살고 있는 것 같고, 분명 내 인생을 살고 있지만 어느 순간 그 일상에서 내가 빠져 있는 듯한 기분이 들 때도 있다.

그럴 때 '일상 실험'이 도움이 된다. 같은 하루를 다르게 보내보는 작은 시도, 그게 전부다. 그게 전부다. 늘 가던 길 대신 돌아서 가 보기, 출근길에 한 정거장 먼저 내려 걸어 보기, 아침에 커피 대신 차를 마셔 보기, 평소 혼자 밥을 먹었다면 누군가에게 먼저 점심을 제안해 보기, 주말 하루는 휴대폰 없이 산책해 보기. 이렇게 사소한 변화들은 '내가 선택할 수 있다'는 감각을 되살린다.

일상이 대부분 자동으로 흘러간다면, 그 자동 모드를 잠깐 멈추고 스스로 수동 모드로 전환하는 순간, 내 하루가 다시 나의 선택 안에 들어온다.

예를 들어 나는 새로운 카페에 가면, 아메리카노를 좋아해도 그 집의 시그니처 음료나 처음 보는 디저트를 시도해 본다. "그냥 아메리카노 시킬 걸…." 하고 후회할 때도 있지만, 그럼에도 새로운 선택을 하려고 한다. 그 작은 시도가 자동으로 굴러가던 하루에 '내가 움직였다'는 아주 작은 흔적을 남기기 때문이다.

이런 선택들이 쌓이면, 나는 언제든 방향을 바꿀 수 있는 사람이고, 늘 선택권을 가진 존재라는 감각이 되돌아온다. 이 감각은 일상을 조금 더 가볍고 재미있게 만들 뿐 아니라, 내가 내 삶의 핸들을 직접 잡고 있다는 안정감을 준다. '남들만큼은 따라가야 한다'는 조급함에서 벗어나, '이 길을 내가 고르고 있다'는 중심이 자리 잡기 시작한다.

드라마틱한 이벤트나 전환점은 대개 일상 속에서 일어나지 않는다. 대신 아주 작은 선택의 변화 속에서 우리는 조금씩 달라진다. 그 작은 변화들이 쌓이면, 늘 반복되던 하루가 어느 순간 조금씩 달라지고 있음을 발견하게 된다.

일상 실험은 삶을 한 번에 완전히 바꾸는 방법이 아니다. 다만 반복되는 하루 속에서도 새로운 에너지를 스스로 불러오는 기술이자, 주도적으로 일상을 끌어가는 일이다.

지금과 연결되는 순간이 많아질수록 일상의 흐름이 한층 편안해진다. 지금의 나와 다시 연결되면 내가 어디로 가고 싶은지 감각이 또렷해지고, 그 방향에 머물기도 한결 쉬워진다. 결국 기본기는 더 잘하려는 마음보다, 지금의 나를 잃지 않고 하루를 살아내려는 마음에서 시작된다.

5. 지금을 사는 태도

기본기를 만드는 과정을 '부족한 나를 채워가는 일'로 여길 때, 지금의 내가 충분하지 않다고 느껴질 수 있다. 그럴수록 우리는 스스로를 끊임없이 관리하고 발전시켜야 하는 사람으로 여긴다. 하지만 진짜 기본기는 지금을 살아내는 태도에서 만들어진다.

아직 원하는 목표에 닿지 못했더라도, 지금 내가 가고 싶은 방향 위에 서 있다는 사실을 알아차릴 때 '현재'는 비로소 의미를 갖는다. 이런 태도는 조급함이 밀려올 때 특히 도움이 된다. 숙제를 빨리 끝내면 자유로워질 것 같지만, 인생의 숙제는 끝나지 않는다. 하나를 마치면 또 다른 과제가 찾아온다. 그래서 중요한 건 속도가 아니라, 그 숙제를 대하는 나의 태도다. 너무 빨리 나아가려다 보면 내가 왜 이 길을 걷는지 잊기 쉽다.

기본기를 만드는 목적은 '완성된 상태'에 도달하기 위함이 아니다. 지금의 자리에서 내가 할 수 있는 것, 받아들여야 하는 것, 내려놓아야 하는 것을 선택할 힘을 기르는 일이다. 언제든 방향을 바꿀 수도 있고, 잠시 멈출 수도 있다는 것을 알아차릴 때 우리는 지금 이 순간을 조금 더 온전히 살아낼 수 있다.

기본기는 의지나 노력만으로 완성되지 않는다. 아무리 좋은 계획과 루틴이 있어도, '지금의 나'를 잃으면 그 모든 것이 무너진다. 그래서 지금을 살아내는 태도는 단순한 여유가 아니라 기본기를 유지하게 하는 중심축이다. 내가 나의 리듬을 잃지 않을 때, 하루는 덜 흐트러지고 일상도 나를 더 오랫동안 지탱해준다.

지금을 느끼기 위해서는 몸을 먼저 깨우는 것이 가장 빠르다. 심박수가 느껴질 만큼 가볍게 뛰거나, 맛있는 음식을 먹거나, 명상을 통해 몸이 이완되는 순간을 느껴보자. 살아 있다는 감각은 생각에서가 아니라 몸에서부터 올라온다.

몸이 주는 메시지를 읽으려면 자꾸 멈춰서 몸의 반응을 살피고, 또 자주 움직여줘야 한다. 몸을 목표를 이루기 위한 도구로만 여기지 않고 지금 이 순간에 머물게 해주는 안내자로 바라볼 때 우리는 더 쉽게 현재와 연결된다.

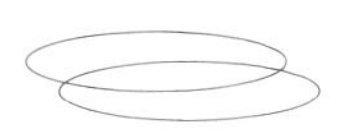

외부 환경 구축하기

　내부 환경을 점검했다면 이제 외부 환경을 살펴볼 차례다. 나는 외부 환경을 실험하고 변화시켜보는 과정에서 오히려 내면의 태도와 마인드를 더 선명하게 알게 되었다. 환경이 바뀌면 마음도 달라지고, 그 변화 속에서 어떤 태도가 나에게 필요한지, 또 어디가 비어 있었는지를 자연스럽게 깨닫게 된다.

　외부 환경은 내가 하루를 어떤 바탕 위에서 살아가고 있는지를 보여준다. 그리고 그 바탕을 이해하는 순간, 내가 어떤 흐름을 만들고 어떤 패턴 속에서 살아가는지도 보이기 시작한다. 그래서 외부 환경을 들여다보는 일은 결국 자기 인식을 확장하는 과정이 된다.

　흔히 변하고 싶다면 이 세 가지를 바꿔보라고 한다. 바로 장소, 시간, 사람이다. 여기에 소비와 휴식을 더해 총 다섯 가지 외부 환경을 이야기하고자 한다. 이 다섯 가지는 내가 시행착오를 겪으며 중요하다고 느꼈던 요소들이다. 각자에게 맞게, 이 다섯 가지부터 한번 점검해보면 좋겠다.

하루 중 어디에서 가장 많은 시간을 보내는가? 그 공간이 나에게 어떤 영향을 주고 있는지 인식하고 있는가?

매일 같은 사무실, 같은 집, 같은 동네를 반복해서 보고 있으면 생각이 굳어지고 감흥이 사라진다. 하지만 기념일이나 휴가 때 멋진 호텔이나 레스토랑에 가면 괜히 옷매무새를 다듬고, 거울 속 나를 한 번 더 바라보게 된다. 그때 우리는 '아, 이게 여행이지' 하고, 제대로 대접받는 기분을 느낀다.

만약 우리의 일상이 매일 여행처럼 설레고 새로울 수 있다면 얼마나 좋을까? 하지만 현실적으로 매일이 기념일일 수는 없다. 반복해서 머무는 공간은 어느새 익숙함에 잠식되어, '사무실 같은 집', '집 같은 사무실'로 변해버리기 쉽다.

나는 자주 머무는 공간이 나를 닮아가거나, 내가 그 공간을 닮아간다고 믿는다. 환경심리학자 커트 레빈은 "행동은 사람과 환경의 함수."라고 말했다. 말 그대로 우리의 행동은 환경과의 상호작용 속에서 만들어진다. 공간은 감정과 생각, 심지어 선택의 방식까지 바꾼다. 그래서 공간을 인식하는 건 곧 자신의 상태를 인식하는 일이다. 공간은 단순한 배경이 아니라, 내가 어떤 방향으로 살아가고 있는지를 비추는 거울이다.

장소는 시간과 사람, 소비를 비롯해 삶 전반에 영향을 미친
다. 서울에서 시골로 옮기거나, 한국에서 일본으로 이동하기
만 해도 생활의 리듬이 완전히 달라진다. 그만큼 공간은 일상
을 바꾸는 힘을 가지고 있다. 다만 그런 드라마틱한 변화는 단
번에 이루기 어렵다. 그래서 멀리 이동하기보다 지금 내가 있
는 공간부터 알아차리는 일이 더 중요하다.

내가 있는 공간을 자각하는 순간, 익숙함 속에서도 작은 변
화가 시작된다. 새로운 생각이 필요할 때나 몰입이 흐트러질
때 우리는 본능적으로 자리를 옮긴다. 그래서 카공족이 생기
고, 많은 창작자들이 카페나 도서관, 호텔 라운지를 찾는다. 같
은 책을 읽더라도 집, 공원, 도서관에서의 집중도는 다르다. 공
간이 달라지면 마음의 주파수도 달라진다.

공간을 바꾸기 위해 인테리어를 완전히 않아도 된다. 가구의
위치를 조금 옮기거나, 쉬는 자리와 일하는 자리를 구분하는
것만으로도 충분하다. 작은 원룸이라도 책상 앞은 '집중의 자
리', 침대 옆은 '회복의 자리'로 나누기만 해도 공간이 주는 에
너지가 달라진다.

물론 더 큰 전환이 필요할 때도 있다. 직업을 바꾸거나, 사는
곳을 옮기는 것처럼 말이다. 하지만 그 이전에 가장 가까운 환
경부터 살펴보면 좋다. 지금 이 공간이 나에게 어떤 에너지를
주는지만 느껴보는 것만으로도 충분하다.

공간을 전환한다는 것은 단순히 장소를 옮기는 일이 아니다. "지금 나는 어디에 있어야 나다워질까?"라는 질문을 통해, 내가 원하는 상태를 스스로 선택하는 일이다. 그래서 내게 맞는 장소와 공간을 떠올리고 시도해보는 일은 내가 어떤 모습으로 살아가고 싶은지를 알아가는 과정이 된다.

2. 시간

비슷한 하루를 살아도, 사람마다 체감되는 시간의 길이는 다르다. 사람마다 시간의 밀도를 다르게 느끼기 때문이다. 같은 한 시간이라도 어떤 날은 순식간에 지나가고, 어떤 날은 유난히 길게 느껴진다. 감정의 상태와 몰입의 정도가 시간의 흐름에 영향을 주기 때문이다. 결국 시간을 다스린다는 건 시간 그 자체를 관리하는 일이 아니라, 시간을 느끼는 나의 감각을 조율하는 일이다.

그렇다면 밀도 있는 시간은 어떤 시간일까? 시간을 밀도 있게 보낸다는 건 단순히 많은 일을 해내는 것이 아니라, 그 시간을 의도적으로 보내며 몰입의 순간을 자주 만드는 일이다.

일이든 취미든 산책이든, 어느 날 문득 "어, 벌써 시간이 이렇게 갔네?" 하고 놀라는 순간이 있다. 그런 시간은 대부분 정신적인 만족감을 남긴다.

나는 복잡한 머리를 비우려고 산책을 나갈 때 몰입의 순간을 자주 경험한다. 처음엔 생각할 거리를 하나씩 꺼내 정리하려 하지만, 걷다 보면 점점 멍해지고 생각이 흩어진다. 어느 순간 어딘가로 빨려 들어가는 듯한 느낌이 들고, 정신을 차리면 꽤 먼 길을 걸어온 나를 발견한다. 돌아올 때는 오히려 머릿속이 비워져 있다. 그럴 때 나는 가벼움이라는 만족감을 얻는다. 그리고 '오늘은 밀도 있게 보냈다'고 느낀다.

　인생이 짧게도, 길게도 느껴질 수 있다. 100세 시대인 지금, 기술의 발전으로 우리의 수명이 얼마나 달라질지는 모르지만 중요한 건 시간의 양이 아니다. 시간의 밀도를 어떻게 느끼느냐에 따라 삶은 지루함으로 채워질 수도, 기대감으로 채워질 수도 있다.

　아빠는 종종 "사람은 뭐든 '일'이 있어야 해. 몰입할 수 있는 일이 사람을 사람답게 만들거든."이라고 말씀하시곤 했다. 이 말대로, 사람은 무언가에 깊이 몰입할 때 비로소 살아 있음을 느낀다. 몰입의 시간은 곧 나를 찾는 시간이다.

　나는 시간을 보내는 느낌이 마음에 들지 않을 때마다, 시간을 실험하곤 했다. 미라클 모닝을 해 보기도 했고, 늦게 자고 늦게 일어나 보기도 했다. 하루를 10분 단위로 쪼개 본 적도 있고, 퇴근 후에는 영화만 본 날도 있었다. 하루에 계획한 일 하나만 하고 누워만 있던 날도 있었다. 시간을 다르게 써 볼 때마다 내 기분과 집중력, 에너지의 흐름은 제각기 다른 방식으로 움직였다. 나에게 맞는 리듬을 찾기 시작하자 몰입하는 시간은 자연스럽게 늘었고, 불안하거나 쫓기는 기분은 줄어들었다.

자기계발서는 적절한 수면 시간, 공부 시간, 휴식 시간 같은 '정답'을 제시하지만, 스스로 체감하지 못한 상태에서 행동하면 오래가지 않는다. 결국 나에게 맞는 시간의 리듬은 직접 체험으로 찾는 것이 가장 현실적이다.

시간 실험은 생산성을 높이기 위한 게 아니라, 내가 몰입하고 즐길 수 있는 환경을 발견하는 과정이다. 제품을 만들 때 소비자가 직접 참여하면 그 제품의 팬이 되듯, 시간도 스스로 설계할 때 비로소 '내 시간'이 된다. 누군가의 방식을 따라 하기보다, 직접 시도하고 조합해 가며 나에게 맞는 흐름을 만들어 가는 일이다.

3. 사람

주변의 5명의 평균이 나의 모습이라는 말에 허겁지겁 빈 종이에 가까운 지인들의 이름을 적어봤던 기억이 있다. 어떤 일을 하고 어떤 성격인지, 어디에 살고 어떻게 만났는지 떠올리며 공통점을 찾으려 했지만, 기대와 달리 특별한 특징은 보이지 않았다. 다만 서로 깊은 이야기를 나누고 있다는 사실 정도만 확인할 수 있었다.

막상 평균을 내보고 나자 문득 '나는 왜 이걸 하려고 했을까?' 하는 생각이 들었다. 생각해보니, 내가 어떤 사람들 속에서 살아가고 있는지, 또 이 관계들이 알게 모르게 서로의 삶에 어떤 영향을 주고 있는지가 궁금했던 것 같다.

우리는 누구와 가까이 지내는지에 따라 삶의 방향과 태도가 자연스럽게 달라진다. 그렇게 관계는 내 삶에 영향을 주고, 나 역시 누군가에게 영향을 준다. 그래서 우리는 관계 속에서 나를 확인하고, 사회와 연결되어 있음을 느낀다. 나는 어떤 방식으로 관계를 맺고 있을까?

관계를 돌아보니, 나는 사람들 사이의 거리와 형태를 '섬의 모습'으로 보고 있었다. 우리 모두는 각자 섬처럼 존재하고, 그 사이에는 적당한 간격이 있다. 너무 가까워 부담을 주지도 않고, 너무 멀어 신호가 닿지 않는 것도 아닌, 서로에게 편안한 거리. 내게 관계란 이런 느슨한 연결에 가까웠다.

나는 나를 묵묵히 지켜봐주는 시선이 얼마나 큰 힘이 되는지를 여러 번 경험했다. 직접 해결해주는 것이 아니라, 내가 나아가는 모습을 알아주는 그 한마디가 중심을 다시 잡게 했다. 그럴 때 진심으로 존중받았다고 느꼈고, 나도 상대를 더 존중하고 싶은 마음이 생겼다.

사람과의 관계는 단순하게 정의할 수 없지만, 내가 어떤 거리감과 연결을 편안하게 느끼는지를 아는 일은 삶을 지탱하는 중요한 기준이 된다. 우리는 혼자 서 있는 것 같아도, 실제로는 누군가의 말 한마디와 시선, 함께 보낸 시간 같은 것들 위에서 조금씩 만들어진다. 그래서 관계를 돌아본다는 건 결국, 내가 어떤 방식으로 지지받고 어떤 방식으로 흔들리는 사람인지 확인하는 일이다. 그렇게 우리는 크고 작은 영향력을 주고받으며 '나'라는 존재가 되어간다.

학생 시절에는 관계를 선택할 여지가 많지 않지만, 어른이 되면 관계를 선택할 수 있는 폭이 넓어진다. 관계를 선택한다는 것은 사람을 재거나 비교하는 일이 아니라, 내가 받고 싶은 에너지와 그렇지 않은 것을 분별하는 일이다. 관계의 오래됨이나 추억만으로 판단하지 않고, 과거와 현재, 그리고 앞으로의 가능성까지 함께 바라보는 시선이 필요하다.

지금의 나에게 필요한 연결과 관계가 무엇인지 살펴보는 일은 나의 기본기를 지탱해주는 든든한 기반이 된다. 그리고 좋은 관계의 순환은 심리적인 안정감을 더해, 내 인생에 더 충실할 수 있는 따뜻한 환경을 만들어준다.

4. 소비

가계부를 쓸 때마다 나란 사람이, 나의 생활이 고스란히 드러난다. 한정된 시간을 어떻게 쓰느냐에 따라 하루의 결이 달라지듯, 제한된 예산을 어떻게 쓰느냐에 따라 삶의 방향도 달라진다. 영수증을 리뷰해서 생활습관을 보는 TV 프로그램이 있을 만큼, 소비는 나를 보여주는 하나의 매개체다. 그런데 나는 돈을 쓰면서도, 돈을 어떻게 써야 하는지, 만족하는 소비가 무엇인지 몰랐다.

돈을 벌기 시작하고 독립을 하면서 본격적으로 돈에 대한 탐구가 이어졌다. 독립 후에야 나는 소비 감각이 전혀 없었다는 사실을 깨달았다. 엄마가 해준 밥만 먹던 시절엔 장을 본 적도 없었고, 기껏해야 유행하는 옷 몇 벌을 사는 게 다였다.

그렇다고 다시 본가로 돌아갈 수도 없는 일이었다. 하나씩 배워갈 수밖에 없었다. 책이나 영상에서는 우선 지출 통제를 이야기했다. '70% 저축, 30% 생활비' 같은 기본 공식이 있었다. 맞는 말이었지만 왠지 마음이 움직이지 않았다. 나는 다른 방식으로 소비를 이해해보고 싶었다. 이유는 단순했다. 나는 소비 경험 자체가 적었고, 무엇이 내게 좋은 소비인지부터 직접 체감해보고 싶었기 때문이다.

그래서 한 달간의 플렉스를 해보기로 했다. 명품이나 일회성 소비보다는 생활과 취미, 건강에 관련된 것들에 투자했다. 유기농 달걀과 유제품을 사고, 속옷은 순면으로 바꾸고, 기초 화장품은 고급 라인으로 바꿨다. 주 3~4회는 샐러드를 배달해 먹고, 1:1 요가도 시작했다. 가진 돈 안에서 할 수 있는 가장 좋은 것을 나에게 주고 싶었다. 겉보기에는 별것 아닐지 몰라도, 그 시절의 나에게는 충분히 큰 플렉스였다. 이런 기간이 없었다면 좋은 게 왜 좋은지, 좋아 보이는데 왜 내게는 별로인지, 이건 정말 돈값을 하는지 알기 어려웠을 것이다. 한 달의 플렉스는 단순한 소비가 아니라 나를 이해하는 실험이었다.

그다음에는 반대로 짠순이 프로젝트를 진행했다. 5,000원짜리 커피를 아무렇지 않게 마시던 내가 1,500원짜리 커피도 살까 말까 고민하는 순간이 찾아왔다. 플렉스를 경험한 후라 체감은 더 컸지만, 동시에 흥미로웠다. 다른 건 아무리 줄여도 유기농 달걀만큼은 끝까지 포기할 수 없었는데, 커피는 의외로 쉽게 줄일 수 있었다. 이렇게 내게 필요한 소비가 무엇인지, 무엇을 줄일 수 있는지 하나씩 알아가게 됐다.

그제야 책에서 말하던 재테크의 기본들이 조금씩 눈에 들어오기 시작했다. 돈을 쓰는 방식에는 결국 내가 나를 대하는 태도가 스며 있었다. 상품의 가치를 알고 돈을 쓴다는 것, 돈을 쓴다는 건 곧 나를 대하는 태도라는 걸 서서히 이해해갔다.

'나의 기본기'에서 소비를 다루는 이유도 여기에 있다. 소비를 돌아보는 일은 결국 나의 일상을 들여다보는 일이기 때문이다. 무엇을 사고 어디에 쓸지를 결정하는 그 매 순간이 내가 어떤 기준으로 살아가고 있는지를 보여준다. 결국 소비는 나를 지탱하는 기본기의 한 축이며, 중심을 확인하는 연습이 된다.

이 글을 읽는 분들은 어떤 분들일까 생각해본다. 자신의 기본기를 다지며 원하는 삶으로 나아가고 싶은 분일까, 아니면 어디서부터 어떻게 나를 다시 세워야 할지 고민 중인 분일까. 그러다 보니 '휴식'이라는 주제를 반드시 넣어야겠다고 생각했다. 지금보다 더 나아지고 싶은 마음이 클수록, 휴식의 중요성은 커지기 때문이다. 그런데 이상하게도 쉬는 일은 일하는 것만큼 어렵다.

애써 시간을 확보해 쉬려 해도, 소파나 카페 의자에 몸을 기대는 순간에도 머리는 여전히 터보 엔진처럼 돌아간다. 나 역시 그랬고, 지금도 '쉬는 법'을 배우는 중이다.

그래도 요즘 사람들은 휴식의 중요성을 안다. 일주일 중 하루를 비워두려 하고, 휴가도 계획한다. 하지만 진짜 관건은 시간을 비웠느냐가 아니라, 그 시간을 어떻게 느끼고 있느냐다. 자신을 돌보고 에너지를 채우기 위해 쉰다고 말하지만, 정작 그 의도대로 쉬지 못하는 경우가 많다. 몸은 누워 있어도 정신이 쉬지 않으면 긴장은 풀리지 않는다. 그래서 결국 우리는, 정신이 쉴 수 있는 방법을 찾아야 한다.

기본기를 만든다는 건 무언가를 더 쌓는 일처럼 보이지만, 근육이 운동을 할 때가 아니라 운동 후 '쉬는 시간'에 성장하듯, 진짜 기본기는 힘을 빼는 시간에 만들어진다. 문제는 그 힘이 쉽게 빠지지 않는다는 점이다. 잠이 잘 들지 않고, 자도 개운하지 않으니 결국 "이럴 바엔 그냥 다시 일하자."로 돌아가기도 한다.

그럴 때 나는 등산을 다녀온 날이나 불편한 신발을 신고 하루 종일 걸어 다닌 날을 떠올린다. 온몸이 지쳐 생각이 끼어들 틈이 없던 날들. 계획도 걱정도 멈추고, 오직 한 걸음에만 집중하게 되는 순간들이다. 그렇게 완전히 피로해진 날에는 밤이 되면 아무런 의식 없이 깊이 잠이 든다. 쉬기 위해 고생하라는 말이 아니라, 지금 머릿속을 가득 채운 생각들과 전혀 관계없는 일에 몰입하는 경험이 오히려 정신을 쉬게 만든다는 뜻이다.

퍼즐이나 게임도 마찬가지다. 다음 조각을 맞추고, 다음 단계를 깨기 위해 집중하다 보면 복잡한 생각이 잠시 비켜선다. 이건 생각을 회피하는 게 아니라, 다시 마주하기 위해 잠시 정리하는 과정에 가깝다. 몰입이 생각을 쉬게 하고, 생각이 쉬어야 비로소 정신이 회복된다.

해결해야 할 문제는 아무리 피하려 해도 결국 어느 순간 다시 나타난다. 그렇기에 조급해할 필요는 없다. 모든 일에는 때가 있다. 그때가 왔을 때 힘을 온전히 쓰려면, 먼저 힘을 빼는 연습이 필요하다.

앞서 '관계'를 이미지로 그려본 것처럼, 휴식도 마찬가지다. '진짜 쉰 나'의 모습을 구체적으로 떠올려보는 것이다. 가족과 캠핑을 가는 모습이 아니라, 혼자 사우나에서 식혜를 마시며 땀을 빼는 모습이 더 나다울 수도 있다. 아무것도 하지 않는 것만이 휴식이 아니다. 나에게 맞는 회복의 형태를 찾아가는 것이 중요하다.

어쩌면 산다는 건, 지치고 다시 회복하는 일을 끝없이 반복하는 것인지도 모른다. 지치는 데만 익숙해지는 것이 아니라, 회복하는 법에도 익숙해진다면 앞으로의 길은 훨씬 더 견딜 만해질 것이다.

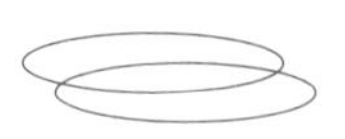

기본기를 지켜주는 것들

일상을 운영하는 일은 생각보다 어렵다. 어떤 날은 막막하고, 어떤 날은 지루하고, 또 어떤 날은 내가 한참 부족하게 느껴진다. 무엇이든 바로 결과가 나오고 성과로 이어지면 좋겠지만, 현실은 늘 녹록지 않다.

그래서 일상을 다뤄가는 과정에는 인내와 성찰이 함께 필요하다. 우리가 무언가를 끊임없이 움직이는 이유는 여러 가지가 있지만, 그 마음의 중심에는 지금보다 더 나아지고 싶은 마음이 있다.

그 마음이 올라올 때 우리는 노력을 더 퍼붓기도 하고, 훌쩍 여행을 떠나보기도 한다. 둘 다 도움이 되지만, 삶을 원하는 방향으로 꾸준히 움직여 주는 힘은 결국 일상 속에서 나를 다시 다루는 작은 관리들에서 온다. 인생은 거창한 결심보다 작은 관리의 연속이고, 감정은 그 관리의 중심에 있다. 감정이 흐름을 바꾸고, 그 흐름이 다시 나의 하루를 만들어낸다.

그래서 순간의 기분이나 예상치 못한 상황 때문에 내가 원하는 방향을 놓치지 않으려면, 일상 안에 '다시 돌아올 수 있는 장치'를 마련해 두는 일이 필요하다.

그 장치는 계획이 어긋났을 때에도 스스로를 놓지 않도록 돕고, 감정의 파도 속에서도 나의 중심감을 느끼게 한다.

1. 언제든 시작점 다시 만들기

새해는 언제나 설렘이 가득하다. 누구에게나 '첫날'은 마음을 다잡고 새로운 계획을 세우게 만든다. 1월 1일은 그만큼 상징적인 의미가 있다. 문제는 그 마음이 며칠, 길어야 한 달이면 시들해진다는 것이다. 그때 우리는 이렇게 말하곤 한다. "1월은 워밍업이니까 2월부터 해야지. 아니지, 설 연휴도 있으니까 새 학기 시작하는 3월부터 하자." 그렇게 미루다 보면 상반기가 가고, 어느새 하반기가 온다. "내일부터.", "다음 주부터."라는 말은 사실 게으름 때문이 아니라, 시작점을 늘 '첫날'에 두는 습관에서 비롯된 걸지도 모른다. 의미를 부여하는 건 좋지만 행동이 따라오지 않으면 결국 변화는 시작되지 않는다. 이 습관에 머문다면, 우리는 또다시 미루며 다음 '첫날'을 기다리게 된다.

상황이 예상과 다르게 흘러갈 때, 오늘 계획을 지키지 못할 것 같을 때, 도저히 다 해낼 수 없다고 느껴질 때 우리는 쉽게 짜증이나 실망감에 빠진다. 나 역시 그런 굴레에 자주 빠졌었다. 열심히는 했지만 과정에서 만족감을 느끼기 어려웠고, 결과를 만들어도 진이 다 빠져 온전한 성취감을 느끼지 못했다. 언제까지 이렇게 해야 할까. 그렇게 고민하던 끝에 내가 찾은 방법은 하루의 시작점을 새로 만드는 것이었다. 하루에 몇 번이든 괜찮다. 필요할 때마다 시작점을 새로 정하는 것이다. 계획을 고쳐 쓰는 게 아니라, 그 순간 자체를 새로운 출발점으로 바꾸는 일이다.

예를 들어 오늘의 일정이 A부터 F까지라고 했을 때 C 구간에서 예기치 못한 변수가 생긴다면 B에서 끊고, C를 하루의 첫 시점으로 삼는다. 이는 단순히 일정이 바뀌는 것이 아니라 마음의 기준점을 새로 설정하는 일이다. "오늘은 망했다."가 아니라 "지금부터 다시 시작."이라고 선언하는 것. 그것만으로도 하루의 흐름이 달라진다. 이건 단순히 의지를 다잡자는 말이 아니다. 새로운 시작점을 만드는 건, 스스로의 리듬을 복구하는 일상의 기술이다.

아침에 운동을 하려다 늦잠을 자버렸을 땐 '오늘은 틀렸다'고 자책하기보다 점심 산책이나 저녁 스트레칭으로 리듬을 다시 잇는 것, 집중이 안 돼 괜히 휴대폰만 만지고 있을 땐 책상을 정리하고 "여기서부터 다시."라고 마음을 새로 세우는 것, 퇴근길에 밀린 지하철 안에서 짜증이 밀려올 땐 이어폰을 꽂고 좋아하는 음악 한 곡으로 기분을 리셋하는 것, 하루가 어긋난 느낌이 들면 샤워 후 깨끗한 옷을 갈아입으며 '이제부터가 오늘의 시작'이라고 생각하는 것. 이런 사소한 리셋들이 쌓이면 조금씩 '다시 시작할 수 있다'는 감각이 단단해진다. 완벽하게 해내는 하루보다, 흐름이 깨질 때마다 다시 중심을 찾는 힘. 그 힘이 일상을 단단하게, 또 유연하게 만든다.

시작점을 새로 만든다는 건 언제든 원할 때마다 일상의 주도권을 느끼는 연습이다. 일상을 원하는 방식대로 통제하겠다는 뜻이 아니라, 상황의 변화를 받아들이면서도 나의 리듬으로 대응해 나가는 일이다. 흐름을 완벽히 조정하려 하기보다 그 안에서도 나를 잃지 않는 것. 그게 진짜 의미의 유연함이고, 나답게 일상을 운영하는 힘이다. 어쩌면 삶은 이렇게, 매일 새로 정비되는 것인지도 모른다.

2. 마무리 포인트 정하기

끝은 또 다른 시작이라는 말이 있다. 시작과 끝은 뫼비우스 띠처럼 이어져 있는 것 같지만, 실상 우리가 느끼는 건 시작뿐이다. 끝은 좀처럼 나지 않는다.

어린 시절, 교재의 첫 단원만 새까맸다. 그러곤 또 다른 교재를 사서 같은 짓을 반복했다. 이런 경험은 비단 교재에만 그치지 않고, 나의 일상 속에도 파고들었다. 목표나 습관, 하고 싶은 일들에서도 고스란히 나타났다.

새로 시작할 때의 설렘과 다짐, 변화될 나의 모습에 고취되어 있다가도 금세 새로운 자극에 시선이 옮겨갔다. 시작의 설렘만 반복되자 나는 점점 소진되었다. 밑 빠진 독처럼 아무리 물을 부어도 채워지지 않았다. 그제야 알았다. '시작이 반'이라는 말이 어쩌면 말 그대로 반쪽짜리일 수도 있겠다는 걸.

왜 끝까지 가지 못할까. 무엇이 나를 멈추게 할까. 답은 '또 다른 시작'이라는 말에 숨어 있었다. 또 다른 시작이란 완전히 새로운 출발이 아니라, 앞선 경험과 배움이 이어진 연장선의 시작이다. 무언가를 끝맺음한 경험은 언제나 자신을 곧추세운다. 끝맺음을 한 사람은 거기서 멈추지 않는다. 끝맺음이 주는 에너지는 다음 행동을 밀어주는 추진력으로 작용하기 때문이다.

그리고 나는 '끝'이라는 단어에 스스로 너무 높은 기준을 세워두고 있었다는 걸 깨달았다. 어디까지가 끝일까? 책을 다 읽어야만 끝이라고 할 수 있을까? 물론 그렇게 볼 수도 있다. 하지만 그런 기준 때문에 오히려 시작만 반복하게 되는 건 아닐까. 필요한 부분 한두 군데만 뽑아 읽고 덮어도, 그것 역시 나에게는 충분한 '끝'일 수 있다. 그럼에도 우리는 잘 인정하지 않는다. 끝맺음을 '완벽한 완성'으로만 보기 때문이다.

생활 속에서도 그렇다. 예를 들어 청소를 떠올려보면, 우리는 집 전체를 청소해야만 '제대로 했다'고 느낀다. 모니터 먼지 하나 털어내는 건 청소라고 잘 인정하지 않는다. 이는 남들이 납득할 만하고 설명 가능한 마무리를 해야 한다는 압박 때문일지도 모른다. 누군가에게 인정받으려고 시작한 일이 아니어도, 우리는 본능적으로 납득 가능한 방식으로 행동하려 한다.

'끝'이라는 단어를 곰곰이 생각해 보니, 끝은 완성의 결과가 아니라 마무리를 선택하는 일이라는 생각이 들었다. 완벽하지 않아도 스스로 정한 지점에서 멈추어보는 것이다.

그렇게 '끝'을 새롭게 바라보기 시작하니, 일상에서도 작은 변화가 보였다. 단적인 예로 설거지가 그렇다. 나는 밥을 먹고 바로 설거지하려고 하지만, 어떤 날은 모든 그릇을 한 번에 치우지 않는다. 양념이 진득하게 묻은 그릇은 물에 불려두고, 비교적 깨끗한 것들만 먼저 정리한다. 그리고 그 지점을 내가 정한 '끝'으로 삼는다.

겉으로 보면 그냥 설거지를 나눠 한 것처럼 보일 수 있다. 그러나 이것은 단순한 분업이 아니라, 의식의 차이에서 온다. 스스로 "여기까지."라고 선을 그어 마무리 지점을 정해두는 순간, 그 지점이 자연스럽게 또 다른 시작점이 된다. 중요한 건 일을 나누는 방식이 아니라, 멈출 지점을 내가 선택하는 것이다. 그리고 놀랍게도, 이렇게 정한 끝은 자연스럽게 다음 행동을 불러온다.

오늘 계획한 일을 다 해내지 못하더라도, 오늘까지의 과정을 하나의 완성으로 바라본다면 한 챕터를 스스로 마무리했다고 느낄 수 있다. 무엇보다 끝을 의식적으로 정하는 태도는 나의 기본기와 깊이 맞닿아 있다. 기본기는 완벽하게 해내는 힘이 아니라, 일상의 리듬을 유지하는 힘이기 때문이다. 매일의 작은 마무리를 인식하는 순간, 나의 하루는 단절되지 않고 이어진다. 그 연결의 감각이 쌓일수록 '오늘도 했다'는 안정감이 생기고, 그 안정감이 다시 나를 움직이게 만든다.

나는 우리 모두가 큰 거울이 깨져 생긴 조각들만큼 다양한 존재라고 믿는다. 하지만 대부분은 그중 몇 개의 큰 조각만 붙잡고 "이게 나야."라며 산다. 우리는 생각하는 것보다 훨씬 더 입체적인 존재임에도, 그 사실을 일상에서는 좀처럼 체감하지 못한다. 우리가 어떤 문제나 상황 속에 빠질 때 늘 같은 방식으로 반응하는 이유는, 세상을 바라보는 관점의 틀이 쉽게 바뀌지 않기 때문이다. 관점은 사고의 프레임이자 해석의 기준이다. 이 프레임이 좁을수록 세계는 단편적으로 느껴지고, 선택의 폭도 함께 줄어든다.

나는 오랫동안 투명 박스에 갇혀 있는 듯한 답답함 속에 있었다. 앞은 보이는데 손이 닿지 않는, 그런 상태였다. "나는 원래 이런 사람이니까.", "상황이 이러니까 어쩔 수 없지." 이런 말들은 내 시야를 점점 좁혔고, 이유를 찾을수록 가능성은 줄어들었다. 아이러니하게도 나는 늘 더 큰 것을 원했지만, 관점이 좁으니 그 세계를 상상하는 것조차 어려웠다. 너무 먼 미래여서도, 너무 거창해서도 아니라, 단순히 내 시야가 그곳까지 뻗지 못했기 때문이었다. 게다가 한 번 정하면 좀처럼 바꾸지 못했다. 확신이 있어서기보다는 입장을 바꾸는 것이 두려워서였다. 틀릴까 봐, 흔들리는 사람처럼 보일까 봐. 그렇게 단단해지려다 어느새 경직되어 있었다.

무언가를 바꿔야 한다는 사실은 알고 있었지만, 무엇을 바꿔야 할지는 알지 못했다. 그래서 '무엇을 바꿀까'보다 '어떻게 바라볼까'를 먼저 바꾸기로 했다. 상황 자체를 바꾸려 하기보다, 관점을 다양하게 시도해 보는 일이 훨씬 마음을 편하게 했다. 선택할 수 있는 관점이 생기면 같은 조건에서도 마음의 상태는 달라질 수 있다고 느꼈기 때문이다.

일상에서 할 수 있는 간접 경험은 생각보다 많았다. 드라마를 볼 때는 한 인물의 입장에서 그가 왜 그런 선택을 했는지 상상해볼 수 있었고, 영화가 끝나면 열린 결말에 대한 여러 해석을 찾아보았다. "이렇게 볼 수도 있구나. 저렇게 볼 수도 있구나." 해석이 달라질 때마다 세상도 조금씩 달라 보였다. 또 전혀 다른 리듬으로 사는 사람들의 브이로그를 보며, 나와는 다른 속도로 흘러가는 하루를 엿보았다.

무엇보다 고전 소설을 읽으며 인물의 입장에서 공감하고, 그들이 바라보는 세계를 따라가며 때로는 더 깊게, 때로는 더 넓게 세상을 보는 법을 배웠다. 특히 밀란 쿤데라의 『참을 수 없는 존재의 가벼움』을 여러 번 읽으며, 같은 문장도 인물의 시점에 따라 전혀 다른 결로 다가온다는 사실을 알게 되었다.

이렇게 간접 경험으로 여러 관점을 탐색하는 연습을 하다 보니, 자연스레 내가 인생을 바라보는 방식도 돌아보게 되었다. 공감되는 관점을 통해 나를 긍정할 수 있었고, 타인의 눈으로 세상을 보며 서로 다른 삶을 이해하고 존중하는 법을 배웠다.

사람은 잘 바뀌지 않는다고들 하지만, 관점이 바뀌면 사람 자체가 달라 보인다. 그래서 나는 다양한 관점을 수집하는 일을 적극 권한다. 다양한 관점은 결국 내 삶을 운영하는 기본기를 더 유연하게 만들어준다. 선택할 수 있는 관점이 많을수록 한 감정에 오래 머무르지 않고, 한 생각에 갇히지 않는다. 그렇게 생긴 여유와 넓이는 내가 쌓아가는 기본기를 한층 더 깊이 있게 만들어준다.

4. 가능한 시각화하기

초등학교 때 방학 숙제로 만들던 생활계획표를 기억하는가? 하루의 흐름을 시간 단위로 나열하며 이상적인 하루를 그려본 경험이 있을 것이다. 나 역시 그 표를 정성껏 만들었지만 계획대로 흘러간 적은 거의 없었다. 욕심이 가득한 시간표였지만, 그걸 완성했을 때의 뿌듯함만큼은 또렷이 기억난다. 내가 원하는 생활을 처음으로 '그려본 경험'이었기 때문이다.

자기계발이나 시간관리에 관심 있는 사람이라면 비전보드, 미래일기, 마인드맵, 루틴 트래커 중 하나쯤은 해봤을 것이다. 나 또한 이런 시각화 도구를 자주 활용한다. 이유는 단순하다. 막연했던 생각이 이미지로 드러나는 순간, 안개가 걷히듯 선명해지기 때문이다.

이 변화는 단순한 기분 탓이 아니다. 인간의 인식은 시각에 크게 의존한다. 외부에서 받는 정보의 대부분이 시각을 통해 들어오고, 뇌의 상당 부분이 시각 정보를 처리하는 데 쓰인다. 즉 시각은 단순한 감각이 아니라, 뇌가 세상을 해석하고 현실을 구성하는 주된 통로다.

심리학자 리처드 그레고리는 "보는 것은 단순한 감지가 아니라 해석의 결과."라고 말했다. 결국 우리가 느끼는 '현실'은 '본 것'을 중심으로 구성된 결과물이라는 뜻이다. 그래서 목표를 이미지로 표현하거나 하루의 흐름을 시각적으로 정리하면 마음이 명확해지고 행동의 방향이 또렷해진다.

이런 이유로 나는 시각화 작업이 선택이 아니라 필수라고 믿는다. 기본기를 세워가는 여정이라면 더욱 그렇다. 시각화는 현실에 발을 붙이고 미래를 끌어오는 힘이다. 어떤 이들은 이를 '끌어당김의 법칙'이라고 부르지만, 과학적 논쟁보다 더 중요한 것은 시각화가 실제로 우리의 행동과 집중을 이끌어주는 실질적인 도구라는 점이다.

기본기를 쌓는 과정은 길고 반복된다. 그래서 방향을 잃지 않으려면 '선명함'을 확보하는 일이 중요하다. 내가 어디로 가고 있는지, 지금의 길이 나에게 맞는지 자연스럽게 느낄 수 있어야 한다. 이를 위해 가장 좋은 방법이 바로 시각화다.

　기록, 그림, 표, 노트, 달력 등 형식은 중요하지 않다. 중요한 것은 머릿속에 떠오르는 생각과 지금 하고 있는 일을 바깥으로 드러내는 일, 즉 보이도록 만드는 것이다. 내가 가장 추천하는 방법은 12개월이 한눈에 보이는 달력을 활용하는 것이다. 미래의 계획을 적어도 좋고, 지나간 일을 기록해도 좋다. 심지어 아무것도 적지 않고 바라보기만 해도 된다.

　그 달력을 보다 보면 시간의 흐름이 입체적으로 느껴진다. 1년 전체를 한눈에 보면 오늘을 소중히 여기면서도, 또 너무 무겁게 받아들이지 않을 수 있다. 무엇보다 시각화는 '선명함'만 주는 것이 아니라 '균형감'도 준다. 보이게 만들면 무엇을 키우고 무엇을 덜어낼지 자연스럽게 감이 잡히고, 감정의 기복에 흔들리기보다 오늘을 더 안정적으로 바라볼 수 있다.

5. 심심할 사치 허락하기

　'바쁘다 바빠 현대 사회'라는 말이 꽤나 익숙하다. 그만큼 쉴 틈 없는 일상이 당연하게 느껴진다. 그래서일까. 심심하다는 감정은 왠지 모를 사치처럼 느껴질 때가 있다. 너무 바빠 느낄 겨를도 없지만, 막상 심심하다는 감정이 들면 "아, 나 지금 나태해진 건가?", "이 시간에 이러고 있어도 되나?" 하는 생각이 스친다. 반대로 심심함과 지루함이 반복될 때는 인생을 '권태기'라 부르며 그저 시간이 지나가기만 기다린다. 왠지 모르게, 심심한 사람은 할 일 없는 사람, 더 나아가 사회에 별로 필요 없는 사람처럼 여겨진다. 그래서 우리는 심심함을 나를 가라앉게 만드는 감정, 극복해야 할 대상으로 바라본다.

나에게 심심함은 오랫동안 불안함이었다. 무언가를 하고 있다가도 공백의 시간이 찾아오면 마음속에 얽혀 있던 실타래들이 하나둘 드러나는 것만 같았고, "지금 뭔가 잘못되고 있는 게 아닐까?"라는 두려움이 밀려왔다.

그러다 휴직기를 가졌을 때 처음으로 심심함을 정면으로 마주했다. 갑자기 늘어난 시간이 낯설었다. 번아웃으로 모든 일에 지쳐 있었지만, 허리가 배겨 마냥 누워 있을 수도 없었다. 그러다 일어나면 소파에 앉아 '뭐 해야 하나'라는 생각 회로만 돌았다. 그냥 쉬는 것이 익숙하지 않았기에 시간을 채우기 위해 머리를 굴려야 했다. 하지만 심신이 지쳐 있을 때라 무엇을 하려고 할수록 더 지쳤고, 말 그대로 가만히 시간을 보낼 수밖에 없었다. 처음엔 불안했고 막막했지만, 조금씩 아무것도 하지 않는 이 심심한 시간에 익숙해지기 시작했다.

그러던 어느 날이었다. 멍하니 소파에 앉아 있는데, 문득 집 안의 구조가 눈에 들어왔다. 어떻게 생긴 공간인지, 집이 어떤 구조를 하고 있는지, 가구는 어떻게 놓여 있는지 자연스럽게 살피게 되었고, 그러다 보니 어떤 모습이면 좋을지 상상하게 되었다. 그건 단순히 시간을 때우는 행동이 아니라, 원하는 삶을 자유롭게 찾아가는 시간이었다.

매일 찾아오는 심심함은 마치 흰 도화지 같았다. 무엇이든 해도 되고, 안 해도 되는 자유. 무엇을 해야 할지 모르는 막막함과 아무거나 해볼 수 있다는 가능성이 동시에 존재했다.

심심함을 허락한다는 건, 나를 다시 만나는 일이다. 아무것도 하지 않아도 괜찮다고 스스로에게 말해주는 순간, 아이러니하게도 가능성이 열리고 숨겨져 있던 마음들이 서서히 드러나기 시작한다. 그 고요 속에서 마음이 회복되고 사고가 정리된다.

무엇을 해도, 안 해도 되는 그 시간 속에서 나는 다시 '살아 있음'을 느꼈다. 공상에 잠기거나, 바보 같아 보이는 생각을 그대로 행동으로 옮겨보는 일조차 자유로웠다. 이 자유로움 속에서 나는 '무엇을 해내야 한다'는 생각에서 조금씩 멀어졌고, 그렇게 서서히 나를 회복해 갔다.

우리는 늘 효율과 생산성으로 하루를 채우려 하지만, 기본기는 그 반대편의 여백에서 단단해진다. 심심한 시간은 나태함이 아니라, 온전히 나를 놀 수 있게 만드는 시간이다. 여기서 '논다'는 건 아무 목적 없이 흘러가 보며 내면 속 가능성을 탐색하는 일이다. 그렇게 머리 대신 마음이 이끄는 방향으로 흘러가다 보면, 숨겨져 있던 나의 마음을 발견할 수 있다.

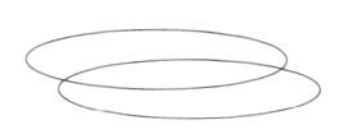

일상의 균형을 잡아주는 습관과 루틴

생각대로 살지 않으면 사는 대로 생각하게 된다는 말이 있다. 나는 여기서 '생각'을 '의도'라고 받아들였다. 의도란 마음속의 목적이자 방향성이기 때문이다. 그래서 의도가 없는 삶은 방향을 잃고 이리저리 떠도는 인생에 가깝다. 이는 '살아가는' 것이 아니라, 그저 '살아져버린' 삶처럼 느껴진다.

하지만 원하는 인생의 모습이 담긴 '의도'를 가지고 살아간다는 것은 생각보다 어렵다. 우리는 주변 환경에 영향을 받을 수밖에 없고, 무엇보다 감정적인 존재이기 때문이다. 늘 같은 상황, 같은 기분 속에 머물 수는 없다. 같은 상황에서도 내면에서는 롤러코스터가 수십 번 오르내리기도 한다. 그렇기에 의식을 하지 않아도 내가 향하고자 하는 방향으로 자연스럽게 움직이려면 습관과 루틴이라는 도구가 필요하다.

습관과 루틴은 베이스캠프의 기둥과 같다. 비가 오고 눈이 내려도 최소한의 천막은 칠 수 있게 해준다. 이처럼 습관과 루틴의 중요성은 모두 알고 있지만, 문제는 그 '중요함'이 아니라 지속이 어렵다는 점이다. 마음먹어도 오래가지 못하고, 하다가 지치기 쉽다.

과거의 나는 하루에도 수십 가지 습관을 만들고, 냉장고에 습관 트래커를 붙여가며 더 단단한 나를 만들기 위해 부단히 애를 썼다. 그러나 계획한 습관과 루틴을 하지 못하면 불안해졌고, 이미 하고 있는 것이 많은데도 책과 유튜브에서 소개되는 '좋은 습관'들을 또 따라 했다. 하지만 오래가지 못했다. 그때의 나는 습관과 루틴을 운영할 기준도, 그것을 유지할 에너지도 없었기 때문이다. 그렇게 많은 실패를 겪었고, 반복되는 실패는 나에 대한 실망감으로 돌아오곤 했다.

하지만 이 경험은 오히려 내가 무엇을 하지 말아야 하는지, 어디를 경계해야 하는지, 무엇을 더 생각해봐야 하는지를 조금씩 알려주었다. 또한 어떤 환경이 내게 필요한지, 무엇이 나를 지속하게 하는지 하나씩 발견하게 해주었다. 이 경험들은 결국 나를 움직이는 힘이 되었고, 나는 그 힘이 어떤 흐름 안에서 만들어지는지 차분히 들여다보게 되었다. 그래서 이 여정에서 배운 것들을 공유해보려 한다. 습관과 루틴을 돌아보거나 새로 계획할 때 한 번쯤 떠올려볼 만한 관점이 되었으면 한다.

1. 지속 가능한 환경 만들기

습관과 루틴은 같은 행동을 반복한다는 점에서 비슷해 보이지만, 의도와 형식에 따라 다르다. 용어를 명확히 한다는 건 그 단어가 가진 '방향과 태도'를 분명히 하는 일이다.

습관은 반복을 통해 무의식적으로 자리 잡은 하나의 행동을 의미하고, 루틴은 여러 습관을 정해진 순서와 형태로 의도 있게 구성한 것이다. 예를 들어, 습관이 눈뜨자마자 핸드폰을 보는 것이라면 루틴은 아침에 눈을 뜨고 씻고, 물을 마시고, 의자에 앉는 일련의 흐름이다.

습관은 점이고 루틴은 그 점을 선으로 잇는 일이라고 할 수 있다. 그래서 루틴을 만들기 전에 먼저 이미 가지고 있는 습관을 살펴보는 것을 추천한다. 무언가를 새로 만들기 전에 어떤 습관들이 나를 이루고 있는지 들여다보면, 루틴을 만들기도, 실행하기도 한결 수월해진다.

루틴은 습관이라는 점이 연결된 것이기에 지금 있는 습관을 재구성해 새로운 흐름을 만들 수도 있다. 또 필요한 습관을 하나 더 추가해 연결할 수도 있다. 도움이 되지 않는 습관을 억지로 끊어내기보다, 습관과 습관의 연결을 바꿔 자연스럽게 끊어지는 구조를 만들 수도 있다.

예를 들어, 밤마다 늦게까지 SNS를 보게 된다면 '핸드폰 내려놓기'에 집중하기보다 양치 → 조명 낮추기 → 물 한 잔 → 3분 스트레칭 → 책 한쪽 읽기처럼 익숙한 일상 행동이 자연스럽게 이어지도록 설계해볼 수 있다. 이처럼 이미 익숙한 일상 행동을 연결하면, 핸드폰을 내려놓으려 애쓰지 않아도 자연스럽게 잠자리에 드는 흐름으로 넘어가게 된다.

모닝 루틴, 나이트 루틴, 휴식 루틴, 업무 루틴 등 다양한 루틴이 있지만 오래가지 못하는 이유는 그 안의 점들이 온전히 내 것이 아니거나, 지속하기 어렵게 설계되어 있기 때문이다. 그래서 중요한 건 '했느냐, 안 했느냐'보다 지속 가능한 환경과 시스템을 만들고 있느냐다. 하면 좋은 것들은 세상에 넘쳐난다. 하지만 몸에 좋은 음식을 아무리 먹어도 소화 기능이 받쳐주지 않으면 흡수되지 않듯, 습관과 루틴도 나에게 맞는 구조 안에서만 흡수되고 쌓인다.

먼저 내가 가진 습관의 점들을 보고 어떤 것이 필요하고 활용할 수 있는지 파악해보자. 그리고 그것을 기반으로 루틴을 설계하는 일, 이것이야말로 지속 가능한 환경을 만드는 출발점이다.

2. 트라이얼 기간 만들기

인생은 실전이라고들 말한다. 말 그대로 우리는 한 번도 살아본 적 없는 하루를 매일 겪어낸다. 그렇기에 나는 더욱 '나를 위한 트라이얼 기간'을 설정하는 것이 필요하다고 느낀다. 이 겨내는 하루를 반복하기보다는 '트라이얼 기간'이라고 부르면 그 경험을 바라보는 관점 자체가 달라지기 때문이다. 이름이 불러주는 순간 꽃이 되듯, 이렇게 부르는 것만으로도 우리는 허용감과 자유감을 얻는다.

우리는 다짐도 하고, 계획도 세우고, 성실하게 트래킹(성과 관리)까지 한다. 그런데 하루, 이틀 정도 빠지게 되면 트래킹 노트에 X 표시를 하기 싫어서, 그 상황 자체를 마주하기 싫어서 그냥 포기해버리는 경우가 있다. 사실 나도 그랬다. 매일 O 표시가 이어진 트래킹 노트만이 내가 잘 살아가고 있음을 증명해주는 것 같았기 때문이다.

습관과 루틴을 만드는 이유는 쓸데없는 에너지를 줄이고, 무의식적으로도 원하는 삶을 살기 위함인데, 어느새 목적은 흐려지고 트래킹 노트에서 O 표시를 채우는 일에만 집착하게 된다. 만약 그때 '트라이얼 기간'을 뒀더라면 어땠을까? 실패가 자연스럽게 포함된 과정이라고 여겼다면 어땠을까. 그랬다면 '해야 한다'는 긴장은 줄고, 해내는 나보다는 경험하는 나에 더 초점을 두었을 것이다.

이 기간에 '경험하는 나'에 집중하면, 내가 어떤 성향이고 언제 취약하고 언제 강한지를 더 정확히 볼 수 있다. 쉽게 해내는 일과 유독 버거운 일을 구분할 수 있고, 어떤 행동이 나를 몰입하게 만드는지도 발견할 수 있다. 예를 들어 루틴이 15분 이상 길어지면 숙제처럼 느껴진다든지, 하루의 시작을 상쾌하게 만들어주는 특정 행동이 있다든지 말이다.

무엇이든 정해놓고 "제대로 하는 거야."라고 선언해버리면 목표 달성과 실패에만 초점이 맞춰진다. 하지만 트라이얼 기간을 만들면, 책이나 유튜브에서 소개되는 다양한 루틴을 따라 하더라도 마음의 부담이 줄어든다.

아침에 스트레칭하는 연예인을 따라 하다 보면, 그 사람이 쓰는 폼롤러를 사야 할 것 같고, 결국 사고 나서는 또 안 하게 된다. 저 물건만 있으면 나도 그 사람처럼 될 것 같지만, 현실은 다르다. 빨래걸이가 된 런닝머신이나 실내 자전거를 보면 명확하게 알 수 있다.

완벽한 목표 달성이 아닌, 과정에서의 경험과 느낌에 초점을 둔다면 내가 원하는 것, 필요한 것, 부족한 것을 더 정확히 발견할 수 있다. 그렇게 서서히 내게 맞는 습관과 루틴을 만나도 늦지 않다.

런던대학교의 연구에 따르면, 습관이 형성되기까지 평균 66일이 걸린다고 한다. 아침마다 물 한 잔 마시기 같은 단순한 습관조차 12주가 걸리는 일이다. 새로운 행동이 내 안에 자리 잡는 데는 절대적인 시간과 공이 필요하다. 이만큼 시간을 들여 만드는 일이라면, 어떤 습관을 만들지에 대해 조금 더 탐험해봐도 되지 않을까?

트라이얼 기간은 바로 그 탐험의 시작점이다. 탐험하고, 느끼고, 관찰하는 과정 속에서 우리는 자신을 조금씩 더 정확히 알게 된다. 그렇게 원하는 일상에 한 발 더 다가설 수 있다.

습관을 만드는 일에 빠져 살던 시절이 있었다. 제대로 살아가는 듯한 기분이 좋았고, 그래서 필요한 습관들을 하나씩 쌓아갔다. 그런데 이상하게도 원하는 대로 일상을 보내고 하루를 다 채워도 만족감보다 피로감이 먼저 밀려왔다. 잘 해나간다고 생각했지만, 왠지 모르게 자꾸 가라앉는 느낌이었다. 이대로는 오래가지 못할 것 같다는 직감이 들었고, 그래서 지금 하고 있는 일들을 하나씩 되돌아보았다. 그 과정에서 모든 습관이 같은 성격을 가진 게 아니라는 사실을 알게 되었다.

습관은 나를 잡아주는 기본 습관과 나를 키워주는 성장 습관, 이렇게 두 가지로 나눌 수 있었다. 전자는 나를 중심에 단단히 붙잡아두고, 후자는 그 중심을 기반으로 한 발 더 나아가게 한다. 그런데 이 둘을 구분하지 못한 채 무작정 '좋은 습관'이라는 이름 아래에 묶어두니 어느 순간부터 방향이 흐려졌다. 어떤 날에는 일에 허덕이면서 약속한 습관들을 모두 하겠다고 스스로를 몰아붙였고, 또 어떤 날은 사소한 습관 하나를 놓쳤다는 이유로 마음이 괜히 무거워졌다. 쉬어야 할 때와 집중해야 할 때를 구분하지 못하니 늘 바쁜데도 만족감이 없었다. 결국 문제는 노력의 부족이 아니라, 에너지의 쓰임이 뒤섞여 있었다는 데 있었다.

기본 습관은 나를 세우는 뼈대다. 하루의 리듬을 잡고 마음을 안정시키는 최소한의 구조다. 아침에 눈을 뜨고 이불을 정리하는 것, 물 한 잔을 마시며 호흡을 고르는 시간, 잠시 머무는 명상 같은 것들이 여기에 속한다. 이런 습관들은 일상을 차분하게 만들고 중심을 잡아준다.

반면 성장 습관은 나를 넓힌다. 새로운 언어를 배우거나 글을 쓰는 일, 낯선 영역에 도전하는 것처럼 처음엔 불편하지만 그 불편함을 지나야 새로운 나를 만나게 된다. 기본 습관이 나를 오늘의 자리에 단단히 세워준다면, 성장 습관은 그 자리에서 한 발 더 앞으로 내딛게 한다. 기본 습관이 뿌리라면, 성장 습관은 가지다. 뿌리가 안정될수록 가지는 멀리 뻗고, 가지가 뻗을수록 뿌리는 더 깊어진다.

그래서 이 둘을 구분하는 일이 필요하다. 기본이 없다면 성장은 오래가지 못하고, 성장이 없다면 삶은 쉽게 정체되어 있다고 느껴진다. 기본은 일상을 지탱하는 리듬이고, 성장은 변화를 만들어내는 리듬이다. 이 둘을 구분해 의식하기 시작하면 습관을 포기하지 않아도 일상을 유연하게 다룰 수 있다. 언제 쉬고 언제 힘을 쓸지 스스로 조절할 수 있다는 건 생각보다 큰 차이를 만든다. 이렇게 되면 자책도 줄어든다. 기본 습관만 지켜도 하루를 잘 보냈다고 느낄 수 있고, 그 기본이 꾸준한 성장을 가능하게 하기 때문이다.

이처럼 기본이 안정될수록 성장은 자연스러워지고, 성장이 이어질수록 기본의 소중함이 깊어진다. 두 습관은 서로 다른 방향을 향하는 것처럼 보이지만 결국 한 흐름 안에서 맞물려 순환한다. 그래서 중요한 건 습관의 개수가 아니라, 그 습관이 내 삶 속에서 어떤 자리를 차지하고 어떤 역할을 하고 있는가 다. 기본 습관과 성장 습관이 균형을 이루면 흔들리지 않으면 서도 계속 나아갈 수 있는 환경이 만들어진다.

둘을 구분하고 의식하게 된 지금은 나를 다룰 수 있는 스킬 이 하나 더 생긴 것 같다. 상황에 따라 속도를 조절할 수 있다 는 건 이전보다 훨씬 편안하다. 무엇이든 완벽하게 해내지 않 아도 괜찮다. 나의 필요에 따라 어떤 것에 더 집중할지 하루를 운영할 수 있기 때문이다. 그렇게 균형을 맞추며 살아가는 일, 그것이 내가 찾은 지속 가능한 리듬이다.

4. 달라진 상황과 공간 활용하기

새로운 상황이 찾아오면 "아, 해야 하는데… 어떡하지." 하는 불편한 마음이 먼저 올라온다. "어쩔 수 없지. 내일 하면 되지." 라고 스스로를 달래 보지만, 그 찜찜함은 쉽게 가라앉지 않는 다. 나 역시 그랬다. 마음이 불편한 게 싫어서 늦게 집에 돌아 와서라도 억지로 약속한 습관을 하곤 했다. 그렇게 하면 마음 은 편해졌지만, 몸은 너무 피곤했다. 무엇을 선택하든 결국 불 편했으니, 아이러니한 마음이 들 수밖에 없었다.

폼롤러를 꾸준히 하던 시기, 여행을 떠난 적이 있었다. 폼롤러를 챙겨 가는 게 짐스러웠지만 '그래도 해야지' 하는 마음으로 따로 챙겨두었다. 그런데 결국 깜빡했다. 순간 짜증이 밀려왔다. 그래도 여행을 망치고 싶지 않아 '폼롤러 없이 할 수 있는 스트레칭'을 검색해 봤다. 생각보다 간단한 동작이 많았고, 그대로 몇 가지를 따라 하자 몸이 금세 풀렸다. 그제야 알았다. 나는 '왜 이 습관을 하는가'보다 '어떻게 똑같이 하느냐'에만 신경 쓰고 있었다는 걸.

운동 매니아 김종국이 떠올랐다. 그는 어디서든 자신에게 맞는 방식으로 운동한다. 헬스장이 없으면 의자와 책상을 모아 운동을 만든다. 그 모습을 보며 생각했다. 중요한 건 '형태'가 아니라 '의도'라는 것을. 예를 들어 주 3회 헬스를 목표로 했다면, 한 주는 1회만 가더라도 나머지 2회는 집에서 맨몸운동이나 스트레칭으로 채울 수 있다. '정해진 방법'이 아니라 '목적'에 집중하면 습관은 언제든 유연하게 이어질 수 있다. 결국 습관은 정해진 장소와 시간이 있어야 유지되는 게 아니라, 그날의 상황에서 내가 할 수 있는 만큼만 이어가면 된다는 걸 알게 됐다.

공간이 바뀌면 루틴의 형태도 달라지기 마련이다. 집에서 하던 10분 운동을 여행지에서는 가볍게 걷는 것으로 바꾸는 것처럼, 작은 변형만으로도 루틴은 충분히 이어질 수 있다. 이는 내가 만든 습관들이 일상에서 어떤 역할을 해 오고 있었는지를 더 선명하게 보여준다.

그렇기에 습관은 똑같이 반복하는 힘이 아니라, 달라진 환경 속에서도 이어가려는 마음에서 온다는 것을 배웠다. 그래서 나는 오늘도 주어진 자리에서 가능한 방식으로 나의 흐름을 이어간다. 그게 내가 나를 잃지 않는 가장 부드러운 방법이니까.

5. 나만의 회고 루틴 만들기

회고를 해본 적이 있는가? 아마 새해 다짐을 세울 때 한 해를 돌아보며 스스로를 점검해본 경험이 있을 것이다. "이번엔 더 꾸준히 운동하자.", "올해는 퇴근 후 시간을 잘 써보자." 같은 다짐들 말이다. 그때 어떤 기분이 들었는가? 아쉬움, 뿌듯함, 그리고 '이젠 조금 다르게 살아봐야겠다'는 마음이 함께 있었을 것이다. 회고는 그런 감정을 따라가며 나를 다시 바라보는 일이다. 그래서인지 회고를 하고 나면 크든 작든 늘 뿌듯함이 남았고, 더 나아가고 싶은 마음이 들었다. 그래서 일상에서도 회고를 더 가까이 두고 싶어졌다.

하지만 어느 정도 간격으로 해야 할지 몰라 몇 번의 시행착오를 겪었다. 회고를 자주 하면 부담이 되기도 하고, 억지로 짜내는 느낌이 들 때도 있었다. 반대로 간격이 너무 길어지면 무엇을 했고 어떻게 느꼈는지가 금세 흐려졌다. 여러 번의 실험 끝에 '2주'라는 리듬이 나에게 가장 잘 맞는다는 것을 알게 됐다. 2주는 내가 어떤 행동을 반복해왔는지, 그동안 어떤 감정 속에 있었는지를 바라보기 충분한 시간이었다.

회고 주기에는 정답이 없다. 각자가 직접 시도해보며 자신에게 맞는 간격을 찾으면 된다. 중요한 건 얼마나 자주 하느냐가 아니라, 잊지 않고 돌아보는 일을 꾸준히 이어가는 것이다. 그래야 내가 어떤 방향으로 가고 있는지뿐만 아니라, 지금 어디에 서 있는지도 확인해 나갈 수 있다.

회고를 쓸 때는 누군가에게 보여주기 위한 글이 아님을 기억해야 한다. 오직 나를 위한 글이기에 두서없이 적어도 괜찮다. 원인과 결과를 분석하듯 정리해보는 것도 좋지만, 논리에만 휩쓸리는 건 조심해야 한다. 감정은 우리가 설명하지 못한 마음의 흐름을 드러낸다. 회고는 잘잘못을 가리는 글이 아니라, 감정 속에 담긴 진짜 마음을 알아가는 과정이다. 괜히 기분이 가라앉았던 순간이나 이유 없이 편안했던 장면을 떠올려보면, 그 안에 내가 진짜 원하는 방향이 숨어 있다. 그러니 솔직하게 마음을 써내려가는 것만으로 충분하다.

나는 보통 느낀 점을 먼저 쓰고, 그다음 레슨런(Lesson-Learned) 방식으로 정리한다. 레슨런은 경험을 통해 얻은 배움이라는 뜻으로, 배운 점·잘한 점·개선할 점·감사한 점이라는 네 가지 항목으로 구성된다. 각 항목을 몇 개씩 적는지는 중요하지 않다. 핵심은 그 기간 동안 내가 어떤 마음으로 지냈는지를 솔직하게 돌아보는 일이다. 이때 몸의 반응을 함께 적어보는 것을 추천한다. 몸은 마음보다 먼저 신호를 보낸다. 스스로 괜찮다고 생각해도 어깨가 올라가 있거나, 호흡이 얕아지거나, 식사량이 줄었다면 이미 몸이 말하고 있는 것이다. 몸을 관찰하면 내가 어떤 상태였는지를 더 정확하게 알 수 있다.

　회고를 하다 보면 나를 평가하기보다, 내가 어떤 흐름 속에 있었는지를 보게 된다. 그 인식은 스스로를 탓하기보다 나를 이해하게 만들고, '그때의 나도 최선을 다하고 있었다'는 마음을 남긴다. 그런 깨달음이 쌓일수록 회고는 점점 '나를 고치는 시간'에서 '나를 이해해주는 시간'으로 바뀐다.

　바쁘게 흘러가던 시간 속에서도 잠깐의 회고는 삶의 속도를 다시 조절하게 한다. 회고는 성장을 위한 브레이크가 아니라, 흔들려도 괜찮기 위한 숨 고르기다. 그런 시간을 꾸준히 마련할 수 있을 때 우리는 스스로를 더 깊이 이해하며 살아갈 수 있다.

[레슨런 예시]

배운점	1. 감사하다는 표현은 남이 아닌 나를 위한 말이라는 것 2. 생각보다 정리된 책상이 집중력에 큰 영향을 준다는 것 3. 의식해서 호흡하면 몸의 긴장이 내려간다는 것
잘한점	1. 친구에게 먼저 안부를 물은 것 2. 자잘한 일을 미루지 않고 바로바로 처리한 것 3. 아침에 명상을 시작한 것
개선점	1. 하루에 일정을 너무 많이 잡는 것 → 하루 최대 3개만 잡자 2. 집중이 안 돼도 책상에 붙어 있는 것 → 카페로 먼저 나가자 3. 식사를 대충 때우는 날이 많은 것 → 최소한 한 끼는 제대로 먹자
감사한 점	1. 매일 좋아하는 커피를 마실 수 있는 것 2. 서점에서 마음에 드는 책을 발견한 것 3. 엄마가 내가 좋아하는 반찬을 해주신 것

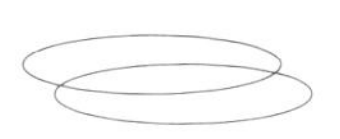

결국 모든 것들은 나를 사랑하기 위한 과정

나의 기본기를 만들어 가는 여정은 결국 나를 사랑하는 게 무엇인지 알아가는 과정이었다. 나는 오랫동안 '나를 사랑한다'는 말이 어떤 뜻인지 잘 몰랐다. 누군가는 자신을 사랑한다는 것은 "똥통에 굴러도 스스로를 안아줄 수 있는 것."이라고 말했지만, 그런 나까지 안아줄 수 있을까 하는 마음이 본능처럼 들었다. 있는 그대로의 나를 사랑한다는 건 내게 너무 어려운 일이었다.

그런 나 자신이 답답했지만, 마음 한편에서는 '그래도 나를 사랑해야 한다'는 의무감이 따라붙었다. 이는 내가 나를 대하는 방식이 결국 남이 나를 대하는 방식으로 돌아온다는 걸 본능적으로 알고 있었기 때문일 것이다. 하지만 알고 있다고 해서 갑자기 나에 대한 사랑이 시작되는 건 아니었다. 그저 알고만 있을 뿐, 내 안에서 크게 달라지는 건 없었다. 그래서 나는 나를 대하는 방식을 처음부터 다시 살펴볼 수밖에 없었다.

그 과정에서 자연스럽게 이 글이 시작되었다. 어떻게 해야 할지 모르는 나를 관찰하고, 탐구하고, 질문을 던지는 데서 출발했다. 돌이켜 보면, 나의 부족함에서 도망치지 않으려는 마음, 지금보다 더 나은 삶을 바라는 마음이 만들어낸 글이었다.

그리고 나는 나를 사랑하는 일에도 연습이 필요하다는 것을 배웠다. 사랑하는 마음이 있어도 표현하지 않으면 내가 나를 사랑하고 있다는 사실을 느끼지 못한다는 것도 알게 되었다. 그래서 나도 나를 알아가고, 이해하고, 돌보는 과정이 필요했다.

그리고 또 하나 깨달은 사실이 있다. 흔들리지 않으면 애초에 변할 수도 없다는 것이다. 변화는 언제나 흔들림 속에서 온다. 그래서 예전처럼 흔들리는 나를 미워하지 않게 되었다. 흔들림은 잘못의 신호가 아니라, 변화가 일어나고 있다는 표시였다. 그 흔들림 속에서 조금이나마 나답게 서 보려는 마음, 내 편이 되어보려는 마음. 나는 그 마음을 '나를 사랑하는 힘'이라고 느낀다. 완벽하지 않아도 괜찮았다. 흔들려도 필요할 때마다 중심을 다시 만들어 낼 수 있으니까.

나의 기본기는 나에게 맞는 리듬을 찾고, 나의 성장 방식을 알아가고, 스스로 편해지는 방법을 배워 가는 일이다. 그 모든 일은 '지금의 나'를 믿고 한 발짝 나아가려는 작은 선택들에서 시작된다. 그렇게 중심이 생기고, 선택할 수 있는 힘이 생기고, 그 힘이 조금씩 커져 가는 것을 발견하게 된다.

그래서 기본기는 결국 나에게 필요한 사랑을 주고, 그 사랑이 머물 수 있는 환경을 만드는 일이다. 이런 환경은 하루아침에 만들어지지 않는다. 시간이 필요하고, 그 시간 동안 흔들려도 괜찮다. 아직 잘 모르겠어도 괜찮다. 변하는 과정에는 언제나 흔들림이 따른다. 우리는 그 흔들림을 지나며 조금씩 나다워진다.

 우리는 누구나 불안 속에서도 행복과 사랑을 꿈꾼다. 목적지는 크게 다르지 않지만, 그 목적지에 도달하는 방식은 모두 다르다. '나답게 살기'라는 말은 당연하게 들리지만, 정작 그 '나답게'가 무엇인지는 늘 물음표로 남는다. 나는 이 물음표를 잃지 않았으면 좋겠다. 언젠가 그 물음표에 느낌표를 찍으며, 자신이라는 세계를 탐험할 수 있기를.

"그리고 이 책을 덮는 순간, 당신만의 기본기가 시작되길 바란다. 그 여정을 그 누구보다 진심으로 응원하고 있다는 사실을 기억 해 주길."

인텐션 노트

현재 제가 제작하여 사용하고 있는 인텐션 노트/메모지입니다. 하루, 일주일의 '의도'를 설정하고 시간 및 생활 루틴을 관리할 수 있는 툴입니다. 독자님들도 함께 사용해 봐요.

Date :　　　.　　　.　　　.

Monthly Goal ___________________________

My Mantra ___________________________

이미 내 안에 답이 있다

| Weekly Goals | ☑ |

Top Priorities

1 ___________________________
2 ___________________________
3 ___________________________

Routines / Habits

Things to Remember

Date :　　　.　　　.　　　.

Monthly Goal ___________________________

My Mantra ___________________________

이미 내 안에 답이 있다

| Weekly Goals | ☑ |

Top Priorities

1 ___________________________
2 ___________________________
3 ___________________________

Routines / Habits

Things to Remember

Date :   .   .   .

이미 내 안에 답이 있다

Monthly Goal ______________________________

My Mantra ______________________________

Weekly Goals	☑

Top Priorities

1
2
3

Routines / Habits

Things to Remember

Date :   .   .   .

이미 내 안에 답이 있다

Monthly Goal ______________________________

My Mantra ______________________________

Weekly Goals	☑

Top Priorities

1
2
3

Routines / Habits

Things to Remember